KB170905

영주,
재벌이 되다

영주, 재벌이 되다 2권

초판1쇄 펴냄 | 2019년 08월 19일

지은이 | 일가
발행인 | 성열관

펴낸곳 | 어울림 출판사
출판등록 / 2009년 1월 23일 제 2015-000062호
주소 / 경기도 고양시 일산동구 무궁화로 43-55, 801호 (장항동, 성우사카르타워)
TEL / 031-919-0122
FAX / 031-919-0127
E-mail / 5ullim@hanmail.net

Copyright ⓒ2019 일가
값 8,000원

ISBN 978-89-992-6010-0 (04810)
ISBN 978-89-992-6008-7 (SET)

OULIM FUSION FANTASY

2

영주, 재벌이 되다

일가 퓨전판타지 장편소설

율림
OKS

영주, 재벌이 되다

목차

원장 박태수(1)	6
원장 박태수(2)	17
다른 세상에 온 김 부장	28
마왕의 눈(1)	39
마왕의 눈(2)	50
욕심은 나는데	62
현대식 무기를 가지다	74
새로운 보스(1)	86
새로운 보스(2)	99
두 세상이 다른 점	111
그들만의 음모	123
두 번째로 얻은 인재	135
테론의 비법(1)	147
테론의 비법(2)	159
깨달음에 의한 차이	171
등장한 초인	184
앞으로 해 나가야 할 일들	197
마석의 효용	209
각각의 목적(1)	222
각각의 목적(2)	235
각각의 목적(3)	248
황녀의 제안(1)	261
황녀의 제안(2)	274

원장 박태수(1)

　이쪽 세상에서도 바쁘기는 매한가지다. 기존의 거래처를 방문해 발주를 넣는 것은 물론이고, 발품을 팔아 새로운 거래처도 확보했다. 마법을 이용해 이곳저곳으로 옮겨 다녀도 힘이 드는 것은 어쩔 수 없다. 며칠 동안 이어진 강행군을 마치고 회사에 출근하자 해수가 결재서류를 가지고 왔다. 일전에 올린 구인 공고에 지원한 자들을 정리한 자료로 생각보다 많은 숫자가 지원했다.

　"면접 일정을 언제로 잡을까요?"

　"관리자급에 지원한 자들은 이틀 후로 잡고, 일반 직원은 다음 주로 하죠."

"예, 대표님. 그렇게 준비하겠습니다."

새로운 거래처를 방문할 때마다 맞닥뜨리는 문제는 선입관이다. 서양인의 외모와 어린 나이 때문에 간혹 곤혹스러울 때가 많았다.

다른 국가는 어떨지 모르겠지만 이 나라는 외모와 나이로 상대를 평가해버리는 문화가 팽배한 곳이다.

이번에 올린 구인공고에서 40대 이상의 부장급 인사를 별도로 구한 이유다.

다행스럽게도 열 명이 넘게 지원했다. 생긴 지 일 년도 되지 않은 회사에 이렇게나 많은 자들이 지원하다니.

한편으로는 고맙다는 생각마저 들 정도다.

"반갑습니다. 김철민입니다."

"김루이입니다."

김철민이라는 자는 45세로 KG그룹의 전략본부장을 지냈다. KG그룹은 이 나라를 대표하는 10대 재벌에 들어갈 정도로 큰 기업군이었다. 거래처를 뚫고자 발품을 팔다보니 루이 역시도 모르지 않았다.

그런 대기업에서 45세에 그룹의 미래를 결정짓는 전략본부장이라는 자리에 올랐다면 대단한 인재다.

틀림없이 서로가 모셔가려고 혈안이 됐을 터, 그럼에도 갓 설립된 회사에 지원하다니 쉬이 이해되지 않았다.

"가지고 계신 경력이라면 얼마든지 큰 기업군에 갈 수 있지 않습니까?"

김철민이 웃음을 보였다.

"사장님께서 말씀하신대로 갈 곳도, 오라는 곳도 많습니다. 모두가 대기업이지만 제가 원하는 곳은 아닙니다."

"이해가 안 되는군요."

김철민은 기획실에서 근무하는 직원을 모두가 보는 앞에서 모욕했다는 이유로 KG그룹을 떠나야 했다.

근무태만, 지시불복종, 안하무인으로 행동하는 직원을 혼내는 것은 당연하지만, 문제는 모욕을 준 직원이 흔히 말하는 재벌 3세, 오너일가였다.

그것도 왕이 가장 총애하는 핏줄을 욕보인 것.

그것은 곧 역모, 왕은 권위에 도전하는 자는 결코 살려두지 않는 법이다. 이유가 조금 황당했지만 인터넷을 검색해보면 틀림없는 사실로 확인된다.

"작금의 이 나라 경제를 움켜쥔 곳은 재벌입니다. 그런 자들을 위해 여생을 보내고 싶지 않습니다."

"굳이 어려운 길을 고집하려는 이유가 있습니까?"

"이루어 놓은 것을 지키는 것이 아니라 이룬 자들이 버티고 있는 생태계에서 살아 있다는 것을 느끼고 싶습니다."

"허면, 직접 사업을 해보는 것도 한 방법이 아닙니까?"

"저는 오너의 자질을 타고나지 않았습니다. 제가 직접 사업을 한다면 필히 망할 겁니다."

"알 수 없는 말씀을 하시네요."

"대표님께서 더 많은 연륜을 쌓게 된다면 자연스럽게

이해하실 겁니다."

　김철민은 새로운 도전을 통해 살아 있다는 것을 느끼고
자 했고, 대단한 인재가 스스로 오겠다는 데야 거절할 이
유는 없었다. KG그룹을 떠난 김철민은 인근에 있는 작
은 마을에 거주하고 있었다.

　서양인의 외모에 어려보이는 루이가 회사를 차릴 때부
터 관심 있게 지켜봤고, 과연 선입관을 가진 이 사회에서
버텨낼 수 있을지 궁금했다.

　그러나 수없이 드나드는 화물차들을 보면서 어린 사장
에 대한 평가를 새로이 했고, 때마침 직원을 구하자 지원
한 것이다. 김철민을 채용하면서 일반직원들의 면접까
지 담당하도록 했다. 이 세상에 관한 풍부한 경력을 가진
김철민의 판단이 정확하리라 생각했다.

　그렇게 타나리스 유통은 새로운 직원과 체계를 갖추며 본
격적으로 세상을 향해 나아갈 수 있는 여건을 마련했다.

＊　＊　＊

　헤론의 약초원.

　약초원은 이 세상의 의술에 관해 배우고자 차린 연구소
로 치료가 목적이 아니었다. 그럼에도 약초원이라는 간
판을 보고 찾아오는 환자가 있었다.

　헤론은 약초원을 찾아와 통증을 호소하는 할머니에게

마나를 활용해 뭉친 근육을 풀어주고 응혈된 피가 원활히 흐르도록 해주었다. 그런데 그게 근육통과 결림으로 고생하던 할머니에게 큰 효과를 안겨주면서 알음알음 노인들의 입소문을 타버렸다. 약초원에 명의가 있다고 소문나면서 많은 환자들이 몰리게 된 것이다.

"의사양반, 왜 이제 온 거야? 환자들이 줄 섰어."

"저는 의사가 아닙니다. 이곳은 병원도 아니고요."

"예끼! 내 용하다는 곳엘 수없이 다녀봤지만 젊은 양반처럼 시원하게 고쳐주는 의사는 못 봤어."

"그러게. 젊은 양반이 의사가 아니라면 다른 놈들은 의사 축에도 못 끼지."

"맞아요. 젊은 양반은 신의요, 신의!"

"제발 의사라고 부르지 마세요. 큰일 나요."

헤론이 다시 한번 주의를 주어도 어르신들은 아랑곳하지 않고 의사라 칭했다.

"그런 걱정일랑 덜어. 언놈이 의사양반 못살게 굴면 우리가 아주 뭉개버릴 거여."

"어휴! 오늘도 무릎 때문에 오셨어요?"

"아녀. 의사양반이 고쳐준 무릎은 멀쩡해. 요즘은 뒷목이 지끈거려서 온 거여."

"이리로 와보세요. 제가 만져드릴게요."

"그려! 고맙구면."

마나를 흘러 보내 할머니의 상태를 관찰하니 뒷목과 어

깨 근육이 뭉쳐 혈액의 흐름을 방해하고 있었다.

마나를 이용해 뭉친 근육을 풀어주고 혈액이 시원스레 흐르도록 해주자 지끈거렸던 목이 시원해졌다며 활짝 웃는 할머니다. 제법 오랜 시간이 걸렸지만 약초원을 찾아온 어르신들에게 뭉치거나 결린다는 곳을 풀어주었다.

물론, 치료비를 받지 않았기에 어르신들은 과일이며 과자와 음료 등을 가져와 성의를 표했다.

일심한의원.

이곳을 찾는 환자는 노인들이 대다수다.

요즘 들어 한의원을 찾아오는 환자들이 많이 줄자 박태수 원장은 이유를 알아보고자 할머니 한분을 찾았다.

"어르신 요즘엔 자주 오시던 분들이 안 보이네요."

"저 쪽에 약초원이 생겼는데 솜씨가 좋다고 소문났어. 노인들이 죄다 그곳에서 치료 받아."

"약초원이라고요?"

"그려. 젊은 양반인데 손으로 만지기만하면 통증이 사라지고, 아픈 곳이 낫는다고 하더구먼. 나도 이제 거기로 가야겠어. 계속 침을 맞아도 영 시원치가 않아."

박태수는 할머니가 가르쳐준 약초원이라는 곳을 찾았다. 멀리서 구경하니 역시나 많은 노인들이 드나들었다. 대다수 한의원에서 치료받던 환자들이었다.

병원이나 한의원이 아닌 약초원이라 이상했지만 강력

한 경쟁자가 등장한 것은 사실이다. 박태수는 곧바로 사무장을 불러 약초원에 대해 알아보라는 지시를 내렸다.

그리고 며칠 후, 사무장이 알아본 내용을 보고했다.

"뭐? 열여덟이라고?"

"예. 각종 약재를 구비했지만 판매하지 않습니다. 일종의 개인 연구소처럼 보였습니다."

"그렇다는 말이지."

약초원이든 연구소든 중요한 문제는 환자를 빼앗아 간다는 것, 더구나 열여덟이라면 면허 없이 치료한다는 뜻이다. 되었다. 약초원을 문 닫게 할 수 있는 근거가 생겼다. 다만, 주변의 어르신들에게 자신이 하려는 짓을 들켜서는 좋을 게 없다. 박태수의 계획은 무면허 시술의 위험성을 제기한 다음, 언론을 통해 공론화 시킨다.

그런 후에 협회의 이름으로 수사기관에 진정을 제기한다면 약초원은 틀림없이 문을 닫게 될 것이다.

박태수가 전화를 들었다.

"일심한의원 박태수네."

"안녕하세요, 원장님. 오랜만에 전화 주셨네요."

"일이 바빠서 그랬네. 내 한잔 살 테니 오늘 시간이 어떤가?"

*　*　*

한밤에 신호를 무시하고 질주하던 차들이 약초원에 멈추고는 피를 흘리며 신음하는 자들을 옮겼다.

"형님을 모시러간 놈은 아직 연락이 안 돼?"

"예. 전화를 받지 않습니다."

"계속 연결해봐. 너희들은 칼 맞은 애들 안으로 옮기고."

차에서 내린 자들은 일명 덩치들.

조직 간에 전쟁을 치렀는지 수십명이 자잘한 상처를 입었고, 제법 위중한 자들도 여럿 보였다.

끼이익.

그들이 부상자들을 옮기고 있을 때 지프가 도착했다.

황급히 달려온 덩치가 문을 열자 덩치들이 일제히 고개를 숙인다.

"어서 오십시오. 형님!"

차에서 내린 헤론이 손을 휘저었다.

"야야! 됐어. 그보다 무슨 일이야? 전쟁이라도 치른 거야?"

"예, 형님. 백상어파 애들이 영업장을 습격했습니다."

"많이들 다쳤어?"

"예. 깊이 찔린 애들이 몇 명 됩니다. 나머지는 자잘한 상처만 입었습니다."

"들어가자."

헤론이 약초원에 들어서자 신음을 흘리고 있는 자들이

여럿 보였다.

"심하게 다친 애들부터 들여보내고 나머진 대기해."

칼에 찔려 고통스러워하는 자가 들어와 침대에 눕자 헤론이 슬립마법으로 재운 후, 칼에 찔려 벌어진 곳에 포션을 붓고는 연속해 힐을 시전 했다.

칼에 찔린 상처가 서서히 아물었다.

"다음 들여보내."

이번에 들어온 자 역시 같은 방법으로 상처를 치료했다. 중한 자들의 치료가 끝나자 칼에 베이거나 각목에 맞아 피멍이 든 자들을 일일이 살펴주었다. 치료를 끝낸 헤론이 자리에 앉자 대근이 시원한 음료수를 꺼내왔다.

병원에 가면 족히 몇 달은 누워있어야 하는 중한 상처를 입었음에도 헤론은 순식간에 치료해 버린다.

예전에 칼에 찔려 사경을 헤매던 대근도 헤론의 치료를 받았기에 지금의 상황이 낯설지는 않다.

하지만 머리로는 이해되지 않는 것도 사실이다.

"역시나 형님은 의술의 신이십니다."

"쓸데없는 소리 말고 애들 입단속이나 잘 시켜. 한번에 많은 애들이 오면 나도 한계가 있으니 명심하고."

"예, 형님."

"그건 그렇고 백상어파 애들이 들이친 이유가 뭐야?"

"누가 뒤를 봐주는지 요즘에 아주 저돌적으로 세력을 확장하고 있습니다."

"음… 보스는 아무 말 없어?"

"큰형님은 은퇴할 나이라 아무래도 몸을 많이 사리십니다. 요즘엔 형님께서 조직을 이끌어 주기를 바라지 않습니까?"

"아서라. 난 조직에 얽매일 생각이 없다. 괜히 끌어들일 생각은 말고 애들 깨워서 그만 가봐."

"예. 이만 일어나겠습니다."

＊　＊　＊

「요즘 불법시술을 하는 곳이 많아지고 있는데요. 그곳에서 치료받은 환자들이 많은 부작용을 겪고 있습니다. 무면허 의료행위에 대해 당국의 강력한 단속이 필요한 때입니다.」

요즘 방송에서 크게 이슈가 된 불법 의료행위에 관한 내용이다. 오늘도 약초원 문을 열자 알음알음 노인들이 찾아왔고, 헤론은 찾아오는 노인들의 뭉친 근육을 풀어 주며 하루를 보내고 있었다.

그때, 형사들이 찾아왔다.

"실례합니다. 헤론이라는 분이 어느 분이시죠?"

"접니다. 무슨 일이죠?"

"무면허 의료행위로 신고가 들어왔습니다. 같이 동행

해 주셔야겠습니다."

형사들이 헤론에게 임의 동행을 요구하자 노인들이 발끈했다.

"이봐요, 형사 양반. 무슨 이유로 우리 의사 양반을 데려가는 거요?"

"어르신들. 이 사람은 의사가 아닙니다. 면허 없이 치료행위를 한다고 신고가 들어왔어요."

"저 양반은 돈도 받지 않고 아픈 곳을 치료해주는 양반이오."

"맞아요. 공짜로 아픈 곳을 고쳐주는 게 잘못이오?"

"어르신들 말씀은 알겠지만 면허 없이 치료행위를 하면 처벌받습니다. 법에서 그렇게 정해놨어요. 신고가 들어왔으니 저희도 어쩔 수 없습니다."

헤론을 데려가려는 형사들과 어르신들 간에 한바탕 실랑이가 벌어졌다. 노인들이 입구를 점거한 채 비켜주지 않자 형사들이 난감해 했다.

"어르신들 비켜주세요. 저는 죄가 없으니 조사만 받고 금방 나올 겁니다."

"의사 양반이 비켜달라니 그리하네만 빨리 돌아오지 않으면 경찰서로 찾아가겠네."

박태수가 형사들에게 연행되는 헤론을 바라보며 흐뭇한 미소를 지었다. 벌인 일은 계획대로 되어가는 중이었다.

이제는 행정처분과 함께 약초원이 문만 닫으면 끝난다.

원장 박태수(2)

경찰서에 연행된 헤론은 조서를 받았다.

"헤론씨는 외국인이신데 한국말을 잘하시네요."

"어릴 때 입양 와서 버려졌습니다. 그리고 외국인이 아니라 엄연한 이 나라 국적을 가진 내국인입니다."

헤론이 내국인이라는 사실을 증명하듯 주민등록증을 꺼내보였다.

"아…! 죄송합니다."

"괜찮습니다. 자주 오해를 받습니다."

조서가 시작됐다.

"헤론씨는 노인들에게 돈을 받고 치료를 해준 적이 있

습니까?"

"돈을 받다니요? 전 돈을 받고 치료를 한 적이 없습니다."

"허면 별도의 수입이 있습니까?"

헤론이 명함을 건넸다. 타나리스 유통에 근무한다는 헤론의 주장은 사실이었다.

"어쨌거나 무면허로 의료행위를 한 사실은 인정하시죠?"

"아프다고 찾아온 노인들에게 아무런 대가도 받지 않고 안마를 해주었을 뿐입니다. 그것도 의료행위가 되나요?"

"사익을 취하지 않고 좋은 뜻으로 한 것은 알겠습니다. 하지만 타인에게 안마를 해주어도 의료행위에 해당합니다."

헤론이 노인들을 위해 선량한 행위를 했더라도 의료법 제27조 제1항 '의료인이 아니면 누구든지 의료행위를 할 수 없다.'는 규정을 어긴 것은 사실이었다.

다만, 대가를 받지 않았기에 정상참작은 가능했다.

"그렇군요. 어르신들을 돕고자 한 행위가 죄가 될 줄은 몰랐습니다."

"저도 좋은 일을 하는 헤론씨를 조사하고 싶은 마음은 없습니다. 하지만, 진정이 제기된 사건이라 어쩔 수가 없어요."

"에휴! 법을 어겼다고 하니 할 수 없죠."

"헤론씨의 선행을 참작해서 불구속 사건으로 검찰에 송치하겠습니다. 나중에 벌금이 부과 될 겁니다."

"알겠습니다. 이제 나가도 되죠?"

"예. 조서를 다 꾸몄으니 나가셔도 됩니다."

헤론이 막 조사를 마치자 봉수가 찾아왔다.

"무슨 일로 잡혀온 겁니까?"

"내가 면허 없이 의료행위를 했다고 누가 신고했다. 그래서 잡혀온 거야."

"에구! 난 또… 깜짝 놀랐습니다."

봉수가 안도의 한숨을 내뱉었다.

"네가 생각하는 일로 조사받은 것은 아니니 걱정마라. 그보다 도대체 누가 진정했는지 알아봐야겠다."

헤론이 약초원에 도착하자 여전히 많은 노인들이 기다리고 있었다.

"어르신들 죄송하게 됐습니다. 안마를 해드리는 것도 무면허 의료행위라고 하네요."

"의사 양반이 뭐가 죄송해. 우리가 더 미안하지."

"그려. 언놈이 신고했는지 알기만 해봐. 내 똥물을 한 바가지 퍼서 놈의 면상에 뿌려버릴 거여."

"에구! 의사라고 부르지 마세요. 저는 의사가 아니에요."

"알아. 하지만 우리에게는 진짜 의사니 그렇게 부르는

것이여. 그렇지들 않소?"

"맞아요. 우리들한테는 진정한 의사지 암. 그렇고말고."

헤론이 무사히 돌아온 것을 확인한 노인들이 돌아갔다.

그리고 얼마 후, 약재를 판매한다는 미명하에 무면허 의료행위를 한 약초원의 허가를 취소한다는 행정처분이 내려졌다. 의료행위를 못하게 하는 것만으로 충분함에도 약초원까지 문을 닫게 하자 화가 난 헤론이 전화를 들었다.

"형님. 어쩐 일이십니까?"

"뭐 좀 알아볼게 있다. 흥신소에 일하는 애들 있으면 약초원으로 보내."

"예, 형님."

전화를 끊고 얼마 지나지 않아 대근이 흥신소 직원과 함께 찾아왔다.

"형님. 저 왔습니다."

"애들만 보내도 되는데 왜 직접 온 거야?"

"모처럼 형님께서 전화를 주셨는데 어떻게 가만히 있습니까? 인사드려라. 큰 형님이시다."

"처음 뵙겠습니다. 이명수입니다."

"이명길입니다."

"그래 반갑다. 내 부탁할게 있어 불렀다."

"뭐든지 말씀만 하십시오. 쌩하게 알아오겠습니다."

헤론이 겪었던 일을 설명했다.

"아니, 언놈이 형님을 고자질했단 말입니까? 내 이 새 끼를 알기만 해봐, 아주 자근자근 담가버리겠어."

헤론의 얘기를 듣고 난 대근이 흥분했다.

"야! 니들도 똑똑히 들었지? 관련된 놈들 확실히 알아 와 알았어?"

"예, 형님. 아주 족보까지 훑어오겠습니다."

아무래도 헤론이 파악하기도 전에 애들을 동원해 한바 탕 휘저을 것 같은 분위기다.

말려야 했다.

"내가 말하기 전에는 손대지 말고 그냥 정보만 알아 와."

"…예. 형님."

헤론이 부탁하고 이틀이 지나자 대근이 조사한 내용을 가져왔다.

"박태수라는 자가 저지른 일입니다."

"박태수? 모르는 놈인데."

"근방에서 일심한의원을 운영하는 놈입니다. 한의원 을 찾아오던 환자들이 약초원을 찾아오면서 매출이 많 이 떨어진 모양입니다."

"그래서 일을 벌였다는 거야?"

"예. 형님."

"흠……"

박태수는 계획한대로 방송사에 근무하는 강필수라는 기자를 불러 무면허 의료행위를 공론화시킨 후, 한의사 협회를 통해 진정을 제기했다.

구청에도 연구소로 위장한 사업장을 차리고 불법의료 행위를 한다는 민원을 제기해 약초원이 영업취소를 당하도록 만든 것이다. 그러나 따지고 보면 원인을 제공한 자는 혜론이다. 뜻밖에도 자신의 행동으로 인해 벌어진 일이라는 것을 알게 되자 혜론은 오히려 민망해졌다.

"고생했다. 이건 수고비다."

"수고비라니 당치도 않습니다."

"조사한다고 경비가 들어갔을 테니 그냥 받아둬."

"그래. 큰형님께서 챙겨주시는 거니 받아라."

"감사합니다, 큰형님."

"형님. 한의원을 저대로 두실 겁니까?"

"나로 인해 벌어진 일이다. 그냥 덮자."

약초원이 문을 닫자 일심한의원에 봄날이 왔다.

이전보다 훨씬 많은 환자들이 찾아왔기에 요즘 박태수 원장은 입이 찢어질 정도로 웃고 다녔다.

그러나 일하는 직원들은 진정 죽을 맛이었다.

"어디가 불편하신 겁니까?"

"거시기 등짝이 아파서 왔는디요."

"살펴볼 테니 옷을 벗어보세요."

환자가 옷을 벗자 의사가 깜짝 놀랐다.

놀랍게도 환자의 등에는 연옥을 연상케 하는 검은 눈동자를 지닌 흉측한 뱀이 똬리를 틀었다. 긴 혀를 날름거리며 금방이라도 의사를 휘감을 것 같았다.

"헉……!"

의사가 놀라며 한 발짝 물러났다.

"아따, 이 양반이 등에 문신 새긴 것 처음 봤나? 그 참 기분 더럽네. 퍼뜩 치료 안 하나!"

환자가 역정을 내자 심호흡을 한 한의사가 다가섰다.

환자를 살펴보는 손이 부들부들 떨린다.

일심한의원 곳곳에서 지금과 같은 상황이 벌어졌고, 때때로 환자들이 웃통을 벗은 채 병원을 활보하고 다니자 놀란 간호사들이 비명을 지르기도 했다.

대근은 약초원에 불이익을 준 일심한의원을 그냥 두고 볼 수 없었지만, 절대 무력을 행사하지 말라는 혜론의 명에 화만 삭이는 중이었다. 형님의 명만 아니라면 그냥 쳐들어가 막 때려 부숴버리면 끝나는 간단한 일임에도 무력행사를 하지 않고 복수할 방법을 찾아야 했다.

고민에 고민을 거듭하던 대근.

"맞아. 그러면 되지. 흐흐흐흐!"

마침내 무력을 행사하지 않고도 일심한의원을 물 먹일 방법을 찾아냈다. 대근이 즉시 부하들을 소집했다.

"모두 웃통 벗어."

대근은 상체에 온갖 문신을 한 부하들을 추렸다.

그리고는 무조건 하루 한번씩 일심한의원에 가서 치료 받으라는 명을 내리며 한달 후부터 치료했던 곳이 아프다는 것을 이유로 강짜를 부리도록 했다.

일심한의원을 찾는 환자가 갑자기 늘어난 이유였다.

박태수 원장은 늘어난 환자로 기분이 좋았지만 오래가지 못했다. 한달이 지나지 않아 환자들이 뚝 떨어졌고, 작금에 한의원을 찾는 환자들은 온몸에 문신을 한 덩치들이 전부다. 몸이 아프다며 찾아온 환자들이고 무슨 행패를 부리는 것도 아니다.

다만, 웃통을 벗은 채로 돌아다니고 주고받는 대화가 험하다는 정도였기에 경찰에 도움을 청하기도 어려웠다.

그렇다고 덩치들에게 감히 오지 말 것을 요구할 용기도 없다. 더구나 그들의 대화를 들어보면 심심하면 담근다는 말을 사용한다. 담근다는 것은 누군가를 죽인다는 뜻. 놀랍게도 저들은 심심하면 누군가를 죽여 왔다.

'도대체 며칠 사이에 몇 명을 죽였다는 건지…….'

이제는 한의원에 출근하는 것조차 겁이 나는 박태수의 하루는 지옥과도 같았다. 그의 인격이었던 뱃살도 많이 빠져 버렸고, 부의 상징이던 볼 살마저도 사라져 버렸다.

서서히 뼈마디만 남아가는 모습에 긴 한숨을 내뱉었다.

이대로 가다가는 망하게 생긴 박태수.

한의원에 들어설 때마다 믿지도 않는 신을 찾으며 기도한다.

'신이시여! 제발 덩치들이 이곳에 찾아오지 않도록 해주세요. 그렇게만 된다면 어려운 노인들에게 무료시술도 자주 베풀며 착하게 살겠습니다. 부처님, 예수님, 알라님, 조상님, 하느님이시여 굽어 살펴주소서.'

그리고 박태수의 기도가 먹혔다.

기도를 드리고 나자 신기하게도 덩치들이 모두 사라져 버린 것이다.

'오오! 신이시여! 감사합니다.'

그날 이후로 일심한의원이 달라졌다.

성심을 다해 노인들을 치료했고, 매주 형편이 어려운 노인들을 찾아다니며 무료시술도 베풀었다.

박태수 원장의 선행이 입소문을 타고 퍼지면서 작금의 일심한의원은 밀려드는 환자들로 인해 연일 행복한 비명을 지르고 있다.

"그 정도 했으면 됐다. 니들 때문에 어르신들이 한의원 가는 것을 불편해 하시잖아."

"알겠습니다, 형님. 애들 철수시키겠습니다."

＊　　＊　　＊

새롭게 타나리스 유통에 근무하게 된 김철민이 고민하는 이유는 이러했다. 거래처에서 발주한 물건들을 창고에 들여놓으면 감쪽같이 사라져 버린다.

물론, 여직원은 대표가 옮겼다고 했다. 문제는 직원들의 업무시간이 아니라 매번 야간에 작업한다는 것.

이유가 있을 수 있어 넘어갔지만 가장 큰 문제는 거래처로부터 매입하는 물량이 엄청남에도 매출 정보가 전혀 없다.

이럴 경우 탈세로 걸리는 것은 불을 보듯 뻔하다.

물론 일반적인 단가를 책정해 세금을 납부할 수 있지만, 편법에 지나지 않는다. 그렇게 해서는 안 된다.

이 나라에서 사업하려면 철저한 자료가 뒷받침 되어야지, 그렇지 못하면 한순간에 모든 것을 잃게 되는 불상사가 찾아올 수 있다.

때마침 한달간 출장을 다녀온 대표가 출근했다.

"저… 대표님?"

"예."

"잠시 말씀을 나누어도 되겠습니까?"

"그럼요, 들어오세요."

대표와 마주앉은 김 부장이 작금의 문제점을 이야기했다. 지출에 대한 자료는 있지만 수입에 관한 자료가 없음에도 계속해 대량의 물건을 구매한다.

누가 봐도 이상하다.

역시나 루이도 우려하던 문제였기에 깊이 고민해왔다. 그러나 무자료로 거래하지 않는 이상 별다른 해결방법이 없었다. 그래서 더욱 고민됐다. 차라리 김 부장에게 사실을 밝히고 도움을 요청해야 하는 것인지 아니면 다른 방법을 찾을 때까지 그냥 밀고 나가야만 하는지.

"말씀은 잘 알아들었습니다. 이제부터라도 매출에 관한 내역을 준비하겠습니다."

"예, 대표님. 그리고 묻고 싶은 게 하나 더 있습니다."

"뭡니까?"

"송구하지만 야밤에 물건을 빼내는 연유가 무엇입니까?"

"아……!"

두 번째 맞닥뜨린 문제다.

직원들이 근무하는 업무 시간이 아니라 야밤을 이용해 대표가 직접 물건을 옮긴다면 당연히 궁금할 것이다.

궁색한 변명이라도 해야 하지만 마땅한 내용이 떠오르지 않았기에 오히려 질문을 건넸다.

"김 부장에게 묻고 싶은 게 있습니다."

"말씀하십시오."

"이 세상의 역사로 따진다면 중세시대 정도의 문화와 기술을 가진 곳입니다. 그곳을 이곳과 같은 곳으로 발전시키려면 어떻게 해야 할까요?"

질문에 대한 답이 아니었다.

다른 세상에 온 김 부장

물론 대표의 질문에 답하는 것은 어렵지 않다. 중세보다 앞선 세상을 살고 있고, 구시대가 어떻게 변해왔는지 알고 있다. 초등학생이라도 답할 수 있는 질문이다.

"산업혁명을 일으켜 농업중심사회에서 공업사회로 변화시켜야 합니다."

김 부장은 원론적인 답변을 내놓았다. 중세 사회를 변화시킨 가장 결정적인 요소는 산업혁명으로 재화의 생산에 자원을 광범위하게 이용하는 조직경제의 시작이라고 할 수 있다.

노동력이 착취되고, 빈부의 격차가 심해지는 등 여러

가지 폐단도 나타났지만, 그 시대를 빠르게 변화시킨 것은 틀림없었다. 그러나 지구의 역사에 관해 이미 살펴봤다.

"흠… 질문의 의도가 빗나갔군요. 다시 묻겠습니다. 앞서 말한 곳을 빠른 시간 안에 이곳처럼 만들고자 한다면 가장 먼저 무엇을 해야 할까요?"

"글쎄요. 단기간에 발전을 이루려면 아무래도 이곳의 기술과 산업구조를 그대로 적용시켜야 하지 않겠습니까?"

"어떤 부분을 말씀하시는 겁니까?"

"딱히 어떤 부분이라기보다 전체적인 관점에서 말씀드린 겁니다. 세부적인 계획을 세우려면 아무래도 그곳의 사정을 정확히 파악해야겠지요."

김 부장의 말이 맞았다. 무작정 이곳의 기술과 산업구조를 가져간다고 해서 해결될 일이 아니다.

가장 먼저 영지의 현실을 제대로 파악해야 한다.

"역시 그렇다는 말씀이군요."

"예, 대표님. 한데 그곳이 어딥니까?"

뜻밖의 질문. 순간 말문이 막힌 루이였다.

"그곳을 보고 싶습니까?"

"예. 아무래도 회사의 상황과 맞물린 것 같습니다만."

김 부장은 야밤을 이용해 제품을 빼가는 대표의 행동과 매출 자료를 준비하지 못하는 이유가 그곳 때문이라고 추측했다. 다만, 대한민국에 그런 곳이 있었으리라고는 상상하지도 못했다.

"그러면 며칠 동안 출장을 다녀와야겠습니다. 며칠 안에 출발할 테니 미리 부인에게 말씀해 두세요."

"대표님. 저 아직 독신입니다."

"……!"

이 세상에 온전한 기반을 마련하려면 충분한 세력을 갖추어야 하고, 그에 따른 인재도 확보해야 한다.

더불어 영지를 발전시키기 위해서는 언제까지 숨길 수만도 없는 노릇.

사실을 알게 된 김 부장이 최선을 다해 돕겠다면 다행스러운 일이 될 터, 그렇지 않더라도 기억을 지워버리면 된다. 김 부장이 의심을 해온 만큼 영지로 데려가기로 결정했다.

며칠 후. 저쪽 세상으로 가져갈 물건이 준비되자 직원들이 퇴근한 늦은 시간에 김부장과 함께 물건을 쌓아둔 창고로 향했다. 창고로 온 이유는 김 부장이 가진 궁금증을 풀어주기 위해서다. 창고에 들어서 김 부장을 보며 말했다.

"그동안 궁금하셨지요?"

"…예."

마법 주머니를 꺼내 김 부장에게 건네주었다.

"이건 물건을 담는 용도로 제작됐습니다. 살펴보세요."

마법 주머니를 건네받은 김 부장이 이리저리 살펴봤지만 작은 주머니와 별반 다를 바가 없다.

물건을 담는다는 말에 고개를 갸웃거렸다.

"그건 마법 주머닙니다. 줘 보세요."

루이는 돌려받은 마법 주머니에서 마법 배낭을 꺼냈다.

작은 주머니 속으로 팔이 들어가는 것도 그렇지만 주머니보다 훨씬 큰 배낭이 나오자 도저히 믿기 힘들다는 표정이다.

"마법 주머니 같죠?"

"……예. 작은 주머니에서 저렇게나 큰 배낭이 나오다니 놀랍습니다."

"창고에 있는 물건을 이것에 담아 가져갑니다. 운송차량이 오지 않았음에도 물건이 사라지는 이유죠."

"허면, 이 많은 물건을 여기에 담는다는 겁니까?"

"예, 지켜보세요."

작업을 시작하자 지켜보던 김 부장이 경악했다.

손으로 박스를 들지도 않는다. 그저 대표가 지나가는 곳마다 쌓여 있던 물건들이 순식간에 사라지는 놀라운 현상만 일어날 뿐이다. 창고 안의 물건이 사라지기까지 걸린 시간은 고작 십분 남짓. 작업을 끝낸 대표가 다가올 때까지 벌어진 입을 다물 수 없었다. 큰 배낭은 사라지고 작은 주머니 하나만 달랑 든 대표가 웃으며 말했다.

"이런 식으로 물건을 옮겼습니다."

"…대표님은 도대체 누구십니까?"

"하하하! 누구라니요. 타나리스 유통 대표 김루이가 아닙니까?"

"아니, 그게 아니라."

"아직 저에 관해 밝힌 것도 없는데 그 정도로 놀라시면 곤란합니다."

"……."

대화를 주고받으며 바닥에 마법진을 그렸다.

"그럼 이동하겠습니다."

이윽고 마법진이 완성되자 김 부장의 손을 이끌고 마법진에 올라 마나를 활성화 시켰다.

마법진에서 푸른빛이 일렁이며 주변의 대기가 요동치더니 순식간에 두 사람의 모습이 사라졌다.

눈 깜짝할 사이에 주변이 변했다.

금방까지 창고에 있었지만 지금은 전혀 다른 장소, 종류석이 뻗어 내린 것을 보면 틀림없는 동굴이다.

"헛!"

뒤늦게 상황을 인식한 김 부장이다.

영화로만 봤던 순간이동. 누구나 한번쯤은 가지기를 바라던 상상속의 능력이 눈앞에서 펼쳐졌다.

인간의 능력이 아니다.

"혹시 대표님께서는 외계인이십니까?"

"하하! 외계인이라니요. 아! 그럴 수도 있겠습니다. 저는 이 세상 사람이 아닌 이계인이니까요."

"이계인이라고요?"

"예. 저는 다른 세상에서 살아가고 있습니다. 그리고 제가 사는 세상으로 김 부장을 데려갈 겁니다."

"예에?"

"위험한 건 없으니 걱정하지 않으셔도 됩니다."

"……."

김 부장과 함께 차원홀 앞에 섰다.

"약간 어지러움이 동반될 겁니다."

대화와 동시에 김 부장의 손을 잡은 루이가 차원홀을 만졌다. 김 부장은 신비한 경험을 했다. 주변이 빛과 같은 속도로 지나가자 어지러움이 동반되면 구토증세가 일어났다. 눈을 감은 채 심호흡을 하며 몸뚱이를 진정시킨 후, 주변이 아닌 아주 먼 곳을 바라보며 어지럼증을 이겨내고자 했다.

그런데…….

"아아……!"

절로 감탄사가 나왔다. 셀 수도 없는 수많은 별들이 반짝이고 인터넷으로만 봐왔던 은하계가 펼쳐졌다.

장엄하고 신비하다. 무슨 말로도 표현하지 못할 정도의

경험이었다. 영원한 시간이 흐른 것 같은 느낌이었지만 찰나의 순간에 일어난 일, 주변의 환경이 순식간에 변했다. 차원홀이 있는 주택의 지하 공동에 도착한 것.

마침내 다른 세상을 살아가는 인간이 이드리스 대륙에 첫 발을 내디뎠다. 마법진을 통해 지상으로 이동한 루이가 주택을 나서자 경계를 서던 병사들이 맞이했다.

"충! 소영주님을 뵙습니다."

"그래. 수고 많다."

병사들의 인사를 받으며 김 부장과 함께 시내로 향했다. 이 세상의 실상을 제대로 보여주고자 한 것.

루이를 알아본 영지민이 허리를 숙이며 예를 표했다.

대표 스스로 소영주라 했으니 아마도 군례를 하며 부른 호칭 또한 그러할 터, 대표를 대하는 병사들의 태도에 김 부장이 이채로운 눈빛을 보였다.

특히나 소영주라는 호칭은 유럽의 역사에 등장한다.

왕으로부터 하사받은 넓은 영토를 다스리는, 백성들에게 또 하나의 왕으로 군림하는 영주의 후계자다.

한편으로는 대단한 권력자라는 말이다.

영지민이 건네는 인사를 받으며 묵묵히 걸어가는 루이를 바라보자 며칠 전의 일이 떠올랐다.

'이 세상의 역사로 따진다면 중세시대 정도의 문화와 기술을 가진 곳입니다. 그곳을 이곳과 같은 곳으로 발전

시키려면 어떻게 해야 할까요?'

  대표가 건넨 질문이었다. 지금에 와서야 질문의 요지나 다른 세상의 인간이라는 대표의 말이 이해가 되었다.

  어떻게 지구와 오갈 수 있는지 궁금했지만, 그건 점차 알아 가면 될 일이다. 지금은 대표, 아니, 소영주가 보여 주고 싶은 이곳의 현실을 파악하면 될 터였다.

  여러 곳을 둘러보고 음식점에도 들러 이곳의 문화수준을 가늠해 보았다. 딱히 그 시대를 살아보진 않았지만 역사서나 여러 매체를 통해 알고 있던, 소영주의 말대로 지구의 중세와 비슷한 생활수준을 간직한 세상이다.

  물론 소영주가 보여준 마법 주머니를 만드는 기술이나 순간이동과 같은 능력자가 존재하는 곳이기도 했다.

  식사를 끝내갈 즈음 일단의 무리가 들어왔다.

  선두에서 들어온 자는 중세시대를 배경으로 한 영화에서나 본 하프 플레이트 메일을 착용했다.

  뒤따라 온 자들 역시도 가죽 갑옷이다.

  "이곳에 계셨군요."

  갑옷을 착용한 자가 다가와 인사했다.

  "어서 오세요. 도착했다는 보고가 들어갔나 보군요."

  "예, 소영주님. 마차를 준비했습니다."

  주위를 둘러보던 아론이 살짝 아쉬운 표정을 지었다가 김 부장을 바라봤다. 이 세상에 살아가는 인간은 여러 가지 색상의 머리카락을 지녔지만, 특이하게도 검은 머리카락을 지닌 자는 없다.

그런 자가 소영주와 함께 있어 의아했다.

"헤론과 테론은 저쪽에 있습니다."

"예, 헌데 이 분은?"

"저쪽에서 내 일을 도와주는 분입니다. 영지를 어떻게 발전시킬지에 관해 의견을 구하고자 함께 왔습니다."

아론이 고개를 끄덕였다.

이미 소영주의 말대로 예상했기 때문이다.

"인사하세요. 이쪽은 영지의 기사단을 이끄는 아론 경입니다."

"처음 뵙겠습니다. 김철민입니다."

"예, 아론입니다."

아론과 김 부장은 서로의 말을 알아듣지는 못하지만 각자의 방식대로 인사를 나누었다. 물론 악수를 건넨 쪽은 김 부장이었고 얼떨결에 손을 내민 건 아론이다.

"저쪽의 방식입니다. 자기소개를 한 후에 서로의 손을 맞잡습니다. 친밀감을 표하는 하나의 방법입니다."

"…예. 뭐, 나름 괜찮은 방식 같습니다. 하하!"

아론이 멋쩍은 듯 뒷머리를 긁적이며 말했다.

식사가 끝나자 아론이 준비해온 마차를 이용해 상점거리로 향했다. 입구에 도착하자 마차에서 내린 루이.

"이곳은 상점거리라 부릅니다. 개장한지 얼마 안 됐습

니다."

김 부장이 놀랍다는 표정을 지었다.

이곳으로 오면서 보았던 거리는 온갖 오물이 넘쳐났다.

겉으로 표현하지는 않았지만 이런 환경에서 어떻게 살아가는지 의아할 정도였다.

만약 지구의 역사처럼 흑사병이라도 창궐한다면 수많은 사람들이 죽지 않을까 하는 걱정마저 들었다.

그런데 지나왔던 곳과는 다르게 상점거리는 깨끗했고, 도로 또한 시멘트로 포장해 반듯했다.

유리로 장식한 2층으로 지어진 상가가 일렬로 늘어선 채 지나는 손님을 맞이하는 모습은 저쪽 세상과 별반 다르지 않았다.

"저쪽 세상에서 가져온 것입니까?"

"예. 시멘트를 가져와 포장했고, 유리를 가져와 장식했습니다. 물론 진열된 상품들도 마찬가집니다."

"현대와 고전이 어울리며 색다른 느낌을 주는군요. 멋진 곳입니다."

솔직한 심정이었다.

이정도의 거리라면 저쪽 세상에서도 찾아보기 힘들 정도로 특별했다.

김 부장의 답변에 흐뭇한 표정한 표정을 지은 루이는 상점거리를 둘러본 다음 영주 성으로 향했다.

"내 집에 김 부장을 초대하다니 이거 떨리는군요."

"마찬가집니다. 대표님."

당연했다.

지구가 아닌 다른 세상을 방문한 것도 놀라운데 역사로만 접했던 영지의 주인, 또 다른 왕이 거주하는 곳을 직접 보게 됐다. 어찌 떨리지 않을까!

저 멀리 영주 성이 시야에 잡힌다.

공작성은 십 미터에 달하는 높은 성벽으로 둘러싸여 마치 철옹성 같은 단단함마저 갖추었다. 여느 왕성에 못지 않은 웅장함을 마주하게 된 김 부장이 흥분했다.

마왕의 눈(1)

군례를 올리며 마차를 맞이하는 병사를 뒤로하고 거대한 성문을 지나 내성에 들어섰다.

공작성의 모습은 김 부장이 상상한 것 이상이다.

성문을 지나자 단단한 석판을 깔아 만든 도로가 쭉 뻗었고, 좌우로 웬만한 크기의 운동장을 합한 것보다 넓고 푸른 잔디가 깔린 정원이 자리했다.

중앙엔 자연적으로 생성된 건지 인공으로 만든 건지는 모르지만 제법 큰 호수가 위치해 조화를 이루었다.

끝에 이르자 공작가의 영광을 이끌었던 가주들의 모습을 조각한 수십 개의 석상이 맞이하고, 뒤로는 예전 유럽을 여행했을 때 둘러본 세계문화유산으로 등재된 몽텐블로 궁에 뒤지지 않는, 어쩌면 그보다 더욱 웅장한 건축물이 모습을 드러냈다.

'도대체 대표님의 가문은 어떤 곳이기에.'

영지의 작은 주인이라기에 유럽의 영주를 떠올리며 대표가 사는 곳도 그에 못지않은 대저택일거라 생각했다.

그러나 도착한 곳은 그가 상상한 것을 한참이나 벗어났다. 실제로 대귀족의 일상생활을 엿볼 수 있다는 생각에 흥분이 가시지 않았다.

"다녀오셨습니까?"

"덕분에요. 별일 없었지요?"

"예. 소영주님."

건물 앞에 이르자 반백의 노인이 살갑게 맞이했다.

"하온데 일행이 계시군요."

"내 일을 도와주는 분입니다. 며칠 동안 이곳에 머물테니 부족하지 않도록 살펴 주세요."

"그리하겠습니다."

웅장한 저택의 외형에 넋을 놓고 있던 김 부장에게 에반스를 소개했다.

"집사 에반스입니다. 대 타나리스 공작가를 방문하신 걸 환영합니다."

"김철민입니다. 잘 부탁드립니다."

루이의 통역으로 김 부장과 인사를 나눈 에반스가 공부

인이 기다린다는 것을 전했다.

"김 부장은 숙소로 가 계세요. 어머님을 만나 뵙고 들리겠습니다."

"예, 대표님."

김 부장이 집사를 따라가는 것을 지켜보던 루이가 공부인에게 향했다.

"접니다. 어머니."

"들어오너라."

"찾으셨다고 들었습니다."

"그래. 그보다 요즘 자주 영지를 비우는구나."

"일 때문에 그렇습니다. 송구합니다."

"영지를 위한 일인데 네가 송구할 게 무에 있느냐. 그보다 상행을 다니느라 고생이 많지?"

"아닙니다. 오히려 배우는 게 많습니다. 한데 무슨 일이 있습니까?"

"황궁에서 영지를 방문한다고 연락이 왔다. 아마도 그것 때문이 아닌가 싶구나."

"어차피 닥칠 일이었습니다. 이곳의 사정이 어떠한지는 황궁에서도 익히 아는 만큼, 향후 대책을 묻고자 할 겁니다."

"별도로 생각해 둔 방안이 있느냐?"

"예. 지금은 말씀드릴 때가 아니지만 소자 준비하고 있습니다."

"알겠다. 황궁에서 누가 올지는 모르지만 그때는 영지에 있는 게 좋겠구나."

"그리하겠습니다."

아마도 가신 가문과의 맹약을 철회한다는 공작가의 인장이 찍힌 문서가 황궁에 도착한 것 같았다. 타나리스 가문의 안위를 걱정하는 황실은 정확한 경위를 파악할 필요가 있다고 판단했을 테고.

아마도 공작가의 의견을 듣고 난 후에 가신 가문에서 보내온 문서에 황제가 인장을 찍어줄 것인지를 결정하겠다는 뜻이다. 예상한 시간보다 훨씬 이른 시간에 가신 가문에서 개국을 시도하는 모양새다.

'뭐, 좀 더 바빠질 뿐이지.'

전혀 걱정하지 않았다.

당장 해야 할 일은 김부장과 함께 영지 곳곳을 둘러보며 앞으로의 계획을 세우는 것이다. 그런 후, 당대에 대륙 최고의 가문, 대 타나리스 공작가의 영광을 재현하는 일이 우선이다.

* * *

그로부터 며칠 후.

"내 목표는 타나리스를 이 세상에서 가장 부유한 영지, 가장 강력한 군사력을 보유한 영지로 만드는 겁니다. 둘러보셔서 알겠지만 저쪽 세상에 비한다면 모든 게 부족한 곳입니다. 김 부장의 고견을 듣고 싶습니다."

비록 지낸지 며칠밖에 되지 않았지만 그것만으로도 이곳의 사정을 파악하기엔 충분했다.

물론 이 세상의 발전상은 듣던 것과 다르지 않다.

다만 저쪽 세상과는 다르게 이곳은 인간과의 경쟁뿐만 아니라 자연환경으로부터 생존하기 위한 처절한 투쟁까지 벌여야 한다. 영지 외곽으로 조금만 나가도 마주치는 존재, 오히려 인간보다 더 넓은 활동영역을 가진 존재들. 바로 몬스터다. 물론 소영주처럼 마법을 사용하거나, 아론처럼 검에 기운을 담아 사용하는 초인들이 존재하지만 그 수가 한정적이다. 대륙에 광범위하게 퍼진 몬스터를 어찌할 방법이 없다는 뜻이다.

사회가 발전하려면 무엇보다 안전이 우선되어야 한다.

"영지의 발전도 중요하지만, 그보다 영지민의 안전한 삶이 더욱 중하지 않겠습니까?"

그것을 어찌 모르겠는가. 다만, 이 세상에서 사용하는 검이나 창, 방패의 가격은 결코 만만치 않다.

저쪽 세상의 무기 가격은 묻지 않아도 뻔하다.

"아쉽지만 무기를 구매할 여력이 되지 않습니다."

그러나 김 부장은 이해하지 못하겠다는 표정이다.

전투기와 같은 첨단 무기가 아니라면 얼마든지 구매가 가능하다. 단지, 무기를 구매한 후 운반하는 게 어려울

뿐이다. 그러나 그마저도 이미 해결됐다.

"소총이나 기관총, 박격포 같은 무기는 비싸지 않습니다. 회사가 가진 여력으로도 충분히 가능합니다."

뜻밖의 이야기였다.

"비싸지 않다고요?"

"그렇습니다. 소총 한 정을 구매하는데 이곳의 화폐로 대략 30실버 전후면 가능할 겁니다."

"예에? 그렇게 싸다는 말씀이십니까?"

"예. 인터넷에 검색만 해도 알 수 있습니다."

멍한 표정을 짓는 루이다. 당연히 아주 고가라고 생각 했기에 확인해볼 생각조차 안했다.

헌데, 소총 한 정에 고작 30실버?

정말이지 미친 가격이지 않은가.

"다만, 아셔야 할 게 있습니다."

"뭡니까?"

"소총과 같은 저쪽 세상의 화기를 운용하기 위해서는 반드시 소모되는 탄약을 뒷받침할 수 있어야 합니다."

김 부장이 현대식 화기 개념에 관해 설명했고, 간단한 설명을 듣는 것만으로도 충분히 이해됐다. 정말이지 돈 만 있다면 구하지 못할 게 없는 세상이다.

무기 건 이외에도 대표의 바람대로 영지를 발전시키기 위한 여러 가지 방안을 모색했다.

그러나 특별한 방안은 찾아내지 못했다.

그도 그런 게 저쪽 세상은 수백년 동안 시행착오를 거치며 기술을 축적해 왔고, 더불어 산업기반 또한 착실히 다져왔다. 영지의 기술 수준을 올리는 건 단기간에 해결할 수 있는 문제가 아니다. 그럼에도 의견을 제시했다.

"저쪽 세상이 가진 기술의 핵심은 전력입니다."

"전력이라고요?"

"예, 대표님. 우수한 설비를 들여와도 동력이 없다면 가동 시킬 수 없습니다. 물론, 소형 설비는 인력을 이용해도 되지만 대표님께서 바라시는 산업화는 인력이 아닌, 설비를 이용한 대량생산의 기초를 다지는 게 아닙니까?"

"그렇습니다만."

"해서 전력을 생산하기 위한 설비를 먼저 구축하자는 겁니다."

"허면 발전소를 건설해야 하는데 가능하겠습니까?"

"기술과 자본, 인력만 있다면 가능한 일입니다. 다만, 기술자들을 어떻게 확보하느냐가 관건이겠지요."

김 부장의 의중은 수력발전소다.

영지를 둘러보던 중 협곡을 따라 흐르는 커다란 물줄기를 발견한 게 수력발전을 생각한 이유다.

게다가 물줄기가 폭포수가 되어 떨어지는 곳은 입구가 좁은 항아리 형태의 지형을 가진 협곡으로 수량마저 풍부했다.

공사비를 크게 절감시킬 수 있을 뿐만 아니라 기간 또한 훨씬 단축할 수 있는 최적의 지형이었다.

작금의 상황과 맞물려 전력을 수급할 수 있는 가장 이상적인 방안이라 생각했다. 그리고 영지 주변으로 커다란 강줄기가 두 곳은 더 있다.

"발전소 공사가 진행되는 동안 전기를 공급하기 위한 선로공사와 생산 설비를 갖춘 공장을 지어나가면 될 듯합니다. 물론, 공장을 유지하고 보수할 기술자를 양성하는 것도 병행해야겠지요."

"차근히 준비하자는 말씀이시군요."

"예, 대표님."

김 부장의 주장은 기술적인 문제는 시간을 두고 하나씩 배워오자는 것이다. 거기에 유럽의 역사를 예로 들며 무엇보다 영지의 환경에 큰 관심을 가졌다.

오래도록 의견을 주고받으며 발전소 건설을 위한 기술적인 노하우를 확보하면서 영지의 환경을 개선하는 작업까지 감안했다.

"건설 회사를 인수하죠."

결론은 발전소와 영지를 이어주는 도로의 확충, 환경정비를 비롯해 산업단지를 조성하기 위한 기술과 노하우를 가진 건설 회사를 인수하기로 했다. 물론, 쉽지 않은 일이겠지만 찾아보면 인수가 가능한 회사가 분명히 있을 것이다.

"앞으로 진행할 일에 대해 별도로 보고서를 올리겠습니다."

"예, 기대하겠습니다."

게다가 김 부장은 거대 기업군에 몸담았던 자답게 사업을 영위하기 위해서는 가장 우선해야 할 일이 전문적인 조직을 갖추는 것이라고 주장했다. 틀리지 않다. 루이 역시도 영지를 발전시키려는 목적에 가장 먼저 조직을 새롭게 구성하지 않았던가. 앞으로 벌어질 타나리스 유통의 행보가 더욱 기대되는 순간이었다.

김 부장과의 독대를 마쳐갈 즈음 아론이 찾아왔다.

"어서 오세요."

"말씀을 나누는 중에 찾아와 송구합니다."

"아닙니다. 막 이야기를 끝내던 참입니다. 한데, 무슨 일이 있습니까?"

"예. 급히 보고드릴 게 있습니다."

예를 차린 아론이 김 부장을 바라봤다.

"김 부장은 이쪽 말을 모르니 신경 쓸 필요가 없습니다."

"알고 있습니다. 김 부장에게 묻고 싶은 게 있었는데 오히려 다행입니다."

"그래요?"

잠시 뜸을 들인 아론이 마왕의 눈이 나타났음을 보고했다.

"마왕의 눈이라고요?"

이 세상엔 30년 주기로 주변에 붉은 오로라를 내뿜는 행성이 나타나는데 중앙이 눈동자처럼 검은 색을 띄고 있어 마왕의 눈이라 부른다. 문제는 행성이 다가와 멀어지기까지 두달 동안 알 수 없는 기운을 내뿜어 몬스터를 변화시킨다는 것. 이때가 마몬의 달이다.

마왕의 눈이 가까이 다가오는 첫 달은 각성의 시기로 영향을 받은 몬스터가 난폭해지기 시작한다.

그리고 두 번째 달이 되면 각성을 거쳐 흉포해진 몬스터가 끊임없이 공격해와 엄청난 피해를 준다. 물론 이종족인 엘프족이나 드워프족, 오크족도 공격을 받는다.

마법에 능한 엘프족은 주변에 자연을 이용한 결계를 쳐 두어 거주지를 숨긴다.

사실상 몬스터로부터 공격받는 경우가 극히 드물어 피해를 입지 않는 것과 다르지 않다.

장인족인 드워프 마찬가지다.

마몬의 달이 되면 지하에 건설한 거주지로 이동해 출입구를 봉쇄해 버리는 방식을 사용한다.

흉성이 폭발한 몬스터가 주거지로 들어올 수 없게 만들어 전혀 피해를 입지 않는다.

그에 반해 오크족의 대응 방식은 다르다.

비록 인간이나 엘프, 드워프보다 지능이 떨어지지만 육체적 능력만큼은 월등하다.

게다가 오크족의 일상이 사냥과 약탈이다.

대규모 부족단위로 거주할 뿐만 아니라, 지닌 전투력 또한 실로 가공해 웬만한 몬스터가 몰려와도 힘으로 제압해 버린다. 괜히 전투종족이라 부르는 게 아니다.

다만, 오크족도 마몬의 달만큼은 외부 사냥을 자제하고 몬스터의 공격에 대비해 강력한 방어체계를 갖추기는 한다. 문제는 세 종족과는 다르게 대륙 곳곳에 퍼져 사는 인간이다.

대규모로 무리지어 살아가지만 오크족처럼 육체적 능력이 뛰어나지도 않고, 엘프족처럼 마법에 능하지도 않다.

게다가 장인종족처럼 거주지를 옮길 여건도 되지 않는다.

그렇기에 몬스터의 집중된 공격을 받게 되어 네 종족 중에서 가장 큰 피해를 입어왔다.

마왕의 눈이 다가오면 가장 민감하게 반응하는 이유다.

"휴우……!"

설명을 듣는 내내 한껏 인상을 찌푸리던 루이가 기어코 한숨을 내뱉었다.

마왕의 눈(2)

작금의 영지 사정으로는 몬스터 범람에 대비할 수 없다는 걸 스스로도 잘 알기 때문이다.

"공작님을 제대로 보필하지 못한 소신의 불찰입니다."

루이의 표정이 좋지 않자 아론이 더욱 고개를 숙였다.

그러나 이미 일어난 일이었고, 지금은 닥쳐올 재난을 극복할 수 있는 방안을 찾아야 할 때였다.

"시간이 어느 정도 남았습니까?"

"몬스터 침공이 시작될 때까지 대략 4개월의 여유가 있습니다."

심각한 상황이지만 어쩌면 대비할 수도 있어보였다.

"경의 생각엔 어찌하면 좋겠습니까?"

"주어진 시간 안에 영지군의 규모를 키워야 합니다."

"징집령을 내리자는 말씀이십니까?"

"그렇습니다."

영지전과 같이 인간이 벌이는 전투는 삶의 터전을 파괴하지 않지만, 몬스터가 휩쓸고 간 곳엔 남아도는 게 없을 정도로 생존마저 어렵게 한다.

아론이 영지군의 규모를 키우자는 이유다.

"차라리 징집령을 내리기보다 마몬의 달이 끝날 때까지 성벽을 의지해 싸우는 건 어떻습니까?"

"물론 성벽을 의지해 싸워야 합니다. 다만 작금의 영지군으로는 성을 지키는 것조차 어렵습니다."

"그래요?"

"예. 몰려오는 몬스터 숫자가 적게는 수백에서 많게는 수천수만에 이릅니다. 지금의 영지군으론 감당할 수 있는 규모가 아닙니다."

아론이 징집을 주장하는 것은 영주 성마저 짓밟힐 것을 우려하기 때문이다. 영지민은 생명을 보호할 수 있게 된 것만으로도 족하고, 터전이 파괴되는 것은 어쩔 수 없다는 뜻이다. 아론이 저러한 태도를 취하는 건 타나리스가 약한 군사력을 지닌 영지이기 때문이다.

"그 문제에 관해서는 좀 더 생각해 보고 결정할 테니 경은 몬스터 준동에 대비해 다시 한번 방비를 점검하세요."

"예. 소영주님. 하온데…….."

아론이 김 부장을 한번 보고는 말을 이었다.

"소장의 생각엔 저쪽 세상의 무기를 도입하는 것도 좋은 방편 같습니다."

"아……!"

김 부장과의 독대에서 거론했음에도 미처 생각하지 못했다. 그랬다. 해답은 저쪽 세상의 무기다.

소총을 비롯한 기관총이나 박격포 같은 무기로 영지군이 무장한다면 어쩌면 영지민의 터전이 파괴되지 않고 마몬의 달을 이겨낼지도 모른다.

다만 저쪽 세상의 무기가 이곳에 존재하는 몬스터를 상대로 얼마나 효과를 발휘할 지는 미지수다. 일례로 권총이라는 무기는 쉴드 자체를 뚫지 못했다.

그 뜻은 자연스럽게 마나를 활용하는 상위 몬스터에게는 통하지 않을 수도 있다는 것.

설령 통하더라도 단번에 살상할 정도의 피해는 주지 못할 것으로 판단된다. 하지만 대형 몬스터에 비해 하위 몬스터 정도는 어렵지 않게 쓸어버릴 수 있을지도 모른다. 이게 중요했다. 기실 영지에서 입는 대다수 피해는 압도적인 숫자의 하위 몬스터로 인해 발생하기에 그렇게만 되더라도 피해가 훨씬 줄어든다.

또한 상위 몬스터를 쓰러뜨리진 못하더라도 주변의 하

위 몬스터를 제거한다면 마나를 다루는 기사로 하여금 대형 몬스터를 상대케 하면 된다.

판단을 끝내자 다음으로 제기된 문제는 자금의 확보와 필요한 무기를 어떻게 구매하느냐다.

'자금은 어느 정도는 확보됐고.'

만면에 웃음을 짓는 루이다.

맞다. 저쪽 세상엔 헤론이 숨겨놓은 금괴가 있다.

게다가 물건 값으로 받은 금괴를 보태면 더 많은 자금도 확보가 가능하고.

"소영주님?"

"가능합니다. 경의 말대로 저쪽 세상의 무기를 도입하겠습니다."

이제야 영지가 변화하기 시작했다.

하필 이러한 때 마왕의 눈이 다가온다는 게 좋을 리 없지만, 한편으로는 큰 기회가 될 수 있다.

"영지군을 새롭게 편성하겠습니다. 경은 영지군의 현황을 상세히 보고해 주세요."

"예. 소영주님."

결정을 내리자 아론의 표정이 환해지며 답하는 목소리에 힘이 실린다. 하지만 루이의 생각은 아론과 다르다.

영지군이 현대식 무기로 무장한다면 굳이 방어위주로 나갈 필요가 없다. 마몬의 달이 시작되기 전에 주변에 산재한 몬스터 수를 최대한 줄여놓는 것도 좋은 방편이다.

아론이 나가자 기다렸다는 듯이 김 부장이 묻는다.

"좋지 않은 일이 발생한 겁니까?"

대화를 나누는 루이와 아론의 표정이 상당히 심각해 보였기에 질문하지 않을 수 없었다.

"예. 영지가 큰 문제와 맞닥뜨렸습니다."

루이가 마몬의 달에 관해 이야기했다.

심각한 표정으로 설명을 듣고 난 김 부장 또한 현대식 무기를 도입할 것을 권했다.

"안 그래도 그럴 생각입니다. 다만 어떻게 무기를 구해야 할지 난감하군요."

"아마도 조직을 이용해 밀수를 해야 할 겁니다. 제가 한번 알아보겠습니다."

조직을 이용한다는 김 부장의 말에 일전에 있었던 일을 떠올렸다. 그자도 권총을 사용했었다.

"깡패집단을 말씀하시는 겁니까?"

"예. 혹 아는 자가 있습니까?"

루이가 고개를 끄덕였다.

의외로 해답은 가까운 곳에 있었다.

다음날.

무기를 도입하기로 결정했으니 곧바로 움직이기로 했다. 에반스에게 한 동안 자리를 비우겠다고 말한 후, 물품대금으로 받은 금괴를 챙겨 차원홀로 이동했다.

　　　　*　　*　　*

　헤론의 약초원.

　약속날짜가 되기도 전에 루이가 도착하자 헤론이 의아
해 했다.

　"아직 오실 때가 아니잖습니까?"

　"알아. 금괴를 처분하고 이곳의 무기를 구매해야겠
다."

　"갑자기 무기구매라니요? 가신 가문과 전쟁이라도 났
습니까?"

　"그건 아니고 마왕의 눈이 나타났다."

　"예에? 마왕의 눈이라고요?"

　헤론이 놀라 되물었다.

　"그래. 알고 있었어?"

　헤론은 이미 마왕의 눈에 관해 아론으로부터 들었다.

　다만 이때쯤 마왕의 눈이 다가온다는 것을 기억해내지
못했을 뿐이다.

　"저야 주군과는 다르게 탐구하는 마법사가 아닙니
까?"

　"잘난 척 하기는."

　"허면 서둘러야겠군요."

　"내 생각엔 강철파를 이용해 금괴를 처분하면서 무기

도 구매하는 게 좋을 것 같은데.”

“걔네 말고는 맡길 곳도 없잖습니까? 그나마 가장 믿을 만하고요.”

“하긴…….”

루이가 물품대금으로 받은 금괴를 건네주자 헤론이 전화를 들었다. 그리고 약간의 시간이 흐르자 호출을 받은 대근이 도착했다.

“연락받자마자 온 거야?”

“형님께서 부르시는데 바로 와야지요.”

“고맙다. 그보다 둘이 할 얘기가 있으니 니들은 잠시 나가있어.”

“예, 형님.”

수하들이 나가자 대근과 함께 한쪽 구석으로 이동한 헤론이 금괴를 덮어놓은 천을 걷었다. 드러난 엄청난 양의 금괴를 보자 눈동자가 휘둥그레진 대근이다.

“혀, 형님. 도대체 이 많은 금괴가 어디서 났습니까?”

“나중에 알려줄 테니 궁금해도 참아. 그보다 이걸 처분해야겠는데 가능할까?”

“국내서 처분하면 곤란하겠지요?”

헤론이 고개를 끄덕였다.

“한 곳이 있기는 합니다만, 중개수수료를 지불해야 합니다.”

“그 정도는 감안해야지. 부탁한다.”

이정도 금괴라면 러시아 쪽에서 처리할 수밖에 없다고 판단했다. 확답을 받은 대근이 혜론이 들을 수 있도록 스피커로 전환한 다음 통화를 시도했다.

―뚜우. 뚜우.

몇 번의 신호음이 울리자 상대가 전화를 받았다.

―오! 대근이. 오랜만이야.

"별일 없지요?"

―항상 그렇지. 그래, 동생이 전화를 다 주다니 무슨 일이 있어?

대근이 목적을 설명했다.

―금괴라면 매력적인 투자지. 요즘 감시가 심한데 가능하겠어?

"거래만 가능하다면 운반은 이쪽에서 책임지겠습니다."

―모스크바에서 현물을 매입하려는 자가 있긴 한데.

"걱정 마시고 약속이나 잡아주십시오."

―알았다. 내 다시 연락하지.

통화를 종료한 대근이 혜론을 바라봤다.

들은 대로 구매처는 확보했지만 문제는 금괴를 어떻게 운반하느냐다.

재수 없게 세관에 적발되면 모두 압수된다.

"들은 대롭니다. 제가 루트를 알아보겠습니다."

혜론이 고개를 저었다.

"운반하는 건 내가 알아서 할 테니 신경 안 써도 된다. 그보다 금괴를 처분한 대금으로 무기를 구매했으면 하는데 가능할까?"

"어렵지는 않습니다. 몇 정이나 준비할까요?"

"역시 대근이야."

헤론이 웃으며 구매 목록을 내밀었다.

"아니, 형님?"

목록을 살펴보던 대근이 경악했다.

"좀 많지?"

"이거 전쟁이라도 치르시는 겁니까?"

"뭐, 비슷해. 그래서 부탁하는 거야."

대근이 놀랄 만도 한 게 헤론이 건네준 목록에는 소총이 1,000정, 기관총 50정, 박격포 20문이 기재되어 있었다. 웬만한 국가의 대대규모 정규군이 보유한 화력과 다르지 않았다.

"국내서 사용하시려는 건 아니겠죠? 잘못하면 엄청난 후폭풍이 불겁니다."

"당연하지."

"알겠습니다. 놈들에게 돈만 주면 어려운 일도 아니지만… 솔직히 걱정됩니다. 반입하다 걸리기라도 한다면… 휴… 끝장입니다."

"그것도 이미 해결해 놨으니 걱정 안 해도 돼."

"허면, 형님만 믿고 추진하겠습니다."

"그래. 고맙다."

헤론의 부탁으로 금괴를 처분하기 위해 대근이 연락한 곳은 고려인 마피아다. 인구 60만이 넘는 큰 도시 연해주의 주도(州都) 블라디보스토크(Vladivostok)를 기반으로 성장한 조직이다. 대근과 함께 헤론이 도착하자 거래를 주선한 고려인 마피아가 마중을 나왔다.

"여어! 어서 와 대근이."

"형님. 그간 잘 계셨지요?"

"여기야 모스크바 놈들만 아니면 항상 조용하지. 한국은 어때?"

"항상 그렇지요."

인사를 나눈 대근이 헤론에게 김충을 소개했다.

"말씀드린 대로 거래를 주선해줄 김충 보스입니다."

"인사드리겠습니다. 김충입니다."

"헤론입니다."

"보스께서 먼 곳을 방문하셨으니 제가 모시겠습니다."

"감사합니다. 그럼 신세를 지겠습니다."

"하하하! 신세라니요. 묵을 곳을 준비해 두었습니다. 따르시지요."

김충은 이곳에 정착해 살아가는 고려인의 후예다.

고려인들로 이루어진 마피아는 연해주에 자리 잡은 조직들 중 가장 큰 세력으로 상당히 폭력적이고 저돌적이어서 다른 조직들이 감히 견제조차 못할 정도였다. 강철파와는 제법 오랜 인연이 있는 조직으로 여러 건의 굵직한 거래를 해왔다는 대근의 말에 거래를 결정했다.

사실 저들이 딴마음을 품는다 한들, 죽었다가 깨어나도 금괴나 돈을 가져갈 방법은 없다.

그저 마음 편하게 거래만 하면 될 터였다.

다음날.

호텔로비에 내려오자 김충이 기다리고 있었다.

"곧 구매자 측에서 도착할 겁니다."

"짧은 시간에 구매자를 섭외하다니 역시 형님이십니다."

"마침 구매자도 투자할 만한 현물을 찾고 있었기에 가능했던 거지 뭐, 공짜로 하는 일도 아니고."

"중개수수료가 욕심났군요."

"솔직히 그렇지. 요즘같이 어려운 시기에 이정도 수익을 올릴 수 있는 건수라면 다른 일 제쳐두고서라도 해야지."

김충은 숨길 것도 아니니 솔직하게 말했다.

"그런데 금괴는 어떻게 전해줄 거야?"

대근이 요청한대로 어제 밤에 트럭을 준비해 놓기는 했지만, 수하에게 듣기로는 여전히 비워져 있다고 했다.

솔직히 대근을 믿고 있지만 한편으로는 찜찜한 것도 사실이다.

"그건 형님께서 직접 전해드릴 겁니다."

김충이 헤론을 바라봤다. 사실, 3톤에 달하는 금괴를 은밀하게 들여오기란 쉽지 않다.

그건 김충이 이끄는 고려인 마피아도 마찬가지다.

하물며 이곳에서 고려인 마피아를 통하지 않고서 그 정도의 금괴를 밀수한다는 건 말이 되지 않았다.

"보스께 여쭤 봐도 되겠습니까?"

헤론이 웃으며 답했다.

"거래가 성사되면 즉시 전해드릴 테니 염려하지 않아도 됩니다."

상대가 그렇다는데 계속해 묻기도 곤란하다.

마주앉은 둘은 공항에 도착하자마자 이곳으로 왔다.

그렇다면 이미 다른 자들이 도착해 준비해두었다는 뜻이다.

대근에게서 연락을 받은 후부터 하루도 빠짐없이 밀수 루트에 관한 정보를 모아왔지만, 강철파 조직원들이 들어온 건 확인하지 못했다.

도대체 어떻게 그 많은 금괴를 들여온 것 인지 한편으로는 흥미로웠다.

그때 호텔로비로 검은색 세단이 줄지어 들어섰다.

욕심은 나는데

차에서 내린 여러 명의 사내, 그들의 모습은 마피아답지 않게 무척이나 깔끔하고 세련된 정장이다.

"저들입니다."

김충이 턱짓으로 도착한 자들을 가리켰다.

거래할 자들이 도착했다는 뜻이다.

이윽고 그들의 리더로 보이는 자가 다가오자 김충이 맞이하며 격하게 포옹했다.

"오랜만이야. 김충."

"블라디보스톡에 온 것을 환영한다. 이마노프."

"고맙군. 자네도 모스크바에 한번 와. 내 섭섭하지 않게 대접하지."

"호의는 고맙지만 사양하겠어. 내가 간다면 좋아할 애들이 너무 많을 것 같은데. 하하하!"

"이런! 천하의 김충이 꼬리를 마는 거야?"

"뭐, 전쟁이 벌어져도 괜찮다면 초대에 응하지. 감당이 되겠어?"

"아아! 전쟁은 곤란해. 그냥 이곳에서 지내는 게 좋겠어."

인사를 나눈 김충이 헤론이 있는 곳으로 안내했다.

이마노프라는 자와 일행이 들어오자 고려인 마피아가 그들의 몸을 수색하려 했으나 김충이 제지했다.

"괜찮아. 오늘은 손님으로 오신 분들이니 그냥 물러나도록 해."

"하하! 역시 김충이야. 총이라도 넣어오면 어쩌려고?"

"뭐, 죽기를 원한다면 그렇겠지. 그만한 배짱도 없을 테고."

"쩝! 맞는 말이야. 나는 허무하게 죽는 건 사양이거든. 그보다 인사나 시켜주지."

김충이 헤론을 소개하자 이마노프가 다소 의아한 표정이다. 아마도 옆에 앉은 대근이 당사자라 생각한 듯했다.

"헤론입니다."

"이마노프요."

서로가 손을 맞잡고는 자리에 앉았다.

"시간 끌 것도 없으니 바로 물건을 봤으면 좋겠소."

이마노프는 앉자마자 물건을 보자고 했다.

헤론의 눈짓에 대근이 가방을 올려놓고는 이마노프에게 밀었다. 그러자 함께 온 자가 나서더니 가방을 열고는 금괴를 확인했다. 잠시 후, 고개를 끄덕이고는 이마노프에게 귓속말을 건넨다.

"품위가 괜찮으니 국제시세를 기준으로 매입하겠소."

"좋습니다. 말씀드린 대로 금괴 3톤입니다. 싣고 갈 수 있도록 차량에 적재해두었습니다."

"오호! 고맙소. 운반이 편하도록 차량까지 제공하다니 내 차 값도 지불하겠소. 물건을 보러 갑시다."

금괴가 실린 차량으로 이동해 물량을 확인한 후, 거래 대금과 교환했다. 어렵지 않게 거래를 마친 것이다.

거래에 만족한 듯 이마노프는 금괴가 더 있다면 추가로 거래하기를 원했고, 헤론도 그렇게 하기로 약속했다.

인사를 나눈 이마노프가 돌아간 후, 김충이 의아한 표정을 지었다. 분명히 오전까지만 해도 빈 트럭이었다.

게다가 수하들이 계속해 감시 중이었기에 몰래 금괴를 가져다 놓는다는 건 사실상 불가능하다.

그런데도 트럭에는 금괴가 가득했다.

'도대체 언제 금괴를 가져다 놓은 거지?'

김충의 표정을 본 대근이 다가와 한마디 거들었다.

"형님. 고민한다고 답은 안 나옵니다. 그냥 그런가보다 이렇게 생각하십시오."

"하하하! 그래야겠다. 이렇게 은밀하게 금괴를 가져다 놓다니 수하들의 능력이 대단해. 강철파와 혈맹이라도 맺어야겠어."

"이미 형제지간이니 혈맹을 맺은 거나 다름없잖습니까?"

"그건 그렇지. 하하!"

매수자를 구해주고 안전하게 거래를 마치게 해준 대가로 3%의 수수료를 지급하자 김충이 놀란 표정이다.

"헛! 보스?"

"앞으로 계속 거래할 겁니다. 그때를 대비해 뇌물을 드린 겁니다."

"하하하! 보스의 아량에 감탄했습니다. 내 보스께서 하시는 일이라면 열일을 제쳐두고 기꺼이 나서겠습니다."

고려인 마피아들의 사정이 어렵다는 것을 전해들은 헤론은 정해진 수수료보다 더 많은 금액을 지급했다.

저들이 아니었으면 금괴를 순식간에 처분하기도 어려웠고 무엇보다 저들과 단단한 인연을 만들어 두라는 주군의 명이 있었다. 선심 쓰듯 더 많은 수수료를 지급한 이유다. 돈을 더 많이 지급한다고 해서 저들에게 우러나는 충성을 받지는 못한다.

하지만 김충의 태도로 보건데 돈은 잠자는 시체도 춤추

게 한다는 주군의 말이 사실인 것 같았다.

* * *

블라디보스톡 아스토리아 호텔.

단번에 대량의 무기를 구매할 곳은 군부가 유일했기에 김충 역시 극동함대 사령부를 통했다.

다만 한번에 대량의 무기를 구매하자 사령관이 보급관에게 별도의 명을 내렸다.

'흠… 너무 어려 보이는데.'

그동안 고려인 마피아에서 필요로 하는 무기를 공급해왔던 세르게이가 김충에게 부탁해 구매자와 자리를 마련했다. 그런데 예상과는 달리 마주한 상대가 너무 어리다.

"세르게이라 하네."

"헤론입니다."

하지만 마주앉아 소소한 이야기를 나눌수록 호감이 갔다. 김충의 소개에 따르면 비록 나이는 어리지만 지닌 무력이 강할 뿐만 아니라 수하들로부터 진심어린 존경을 받는다. 거친 세계에 사는 자들을 무리 없이 이끈다는 건 그만큼 능력이 된다는 뜻이다.

선입관을 버리자 상대가 새롭게 보였다.

"다른 고철도 처분하고 싶은데 소개해주실 분이 없겠

소?"

"가능하기는 합니다만, 어느 정도인지?"

"물량이 조금 많소이다. 원한다면 목록을 제공할 수도 있고."

극동함대 사령관은 기존에 사용하던 구식무기를 처분하고자 했고, 명을 받은 세르게이는 은밀하게 구매자를 찾는 중이었다. 때마침 대량의 무기가 거래되자 극동함대가 보유한 구식무기를 처분하고자 했고, 헤론 또한 최대한 많은 무기를 구매하라는 루이의 명을 받았기에 나쁘지 않은 제안이었다. 더구나 구식무기라지만 최근까지 군에서 사용하던 무기다.

"먼저 물건을 봐야지 않겠습니까?"

"당연하오. 그래, 언제가 좋겠소?"

"이틀 후에 돌아가니 내일 확인했으면 합니다."

"알겠소. 내일 부관을 보내리다."

다음 날.

세르게이가 보낸 차편으로 극동함대를 방문해 무기를 둘러본 헤론과 대근은 벌어진 입을 다물지 못했다.

물량이 조금 많다고는 했지만 크게 잘못됐다.

세르게이가 건네준 목록에는 장갑차를 비롯한 헬기 등 생각하지도 못했던 무기가 포함됐다. 게다가 함선과 잠수함까지 판매하는 것을 확인하고는 할 말을 잊었다.

둘의 표정을 본 세르게이가 웃었다.

"일괄 판매를 원하지만 개별 판매도 가능하니 원하는 품목만 표기해 주시오."

사실 재래식 무기는 주로 중동에서 활동하는 단체에 판매해왔으나 국제사회의 견제로 항상 조심스럽다.

게다가 테러단체의 움직임이 활발해지자 무기거래상에 대한 감시가 더욱 심해져 판매가 막힌 상황이었다.

그런 와중에 고려인 마피아를 끼고 헤론이 등장했다.

알려지지 않은 구매자를 확보할 수 있는 기회가 찾아온 것이다.

"알겠습니다. 상의한 후에 답을 드리겠습니다."

영지에서 급하게 필요로 하는 무기는 이미 확보했기에 굳이 서두를 필요는 없다. 게다가 처음 보는 무기도 많았기에 우선 이 세상에서 사용하는 무기에 관해 더 많이 알아본 다음 구매할 품목을 정하기로 했다.

"결정되면 언제라도 방문하시오."

"그리하겠습니다."

무기를 살펴본 다음 세르게이의 배웅을 받으며 공항으로 이동했다.

"덕분에 무사히 거래를 마쳤습니다. 다음에도 부탁드립니다."

"물론입니다, 보스. 언제든지 연락만 주십시오."

김충과 악수를 나눈 헤론이 돌아섰다.

"형님을 자주 볼 것 같은 예감이 듭니다."

"하하! 나야 자주 본다면 좋지. 앞으로 잘 부탁한다."

* * *

타나리스 유통 대표실.

금괴를 처분한 자금으로 무기를 구입한 헤론이 돌아와 루이와 마주했다.

"수고 많았지?"

"아닙니다. 김충이라는 자가 도와줘 어렵지 않게 처리했습니다."

"그자와 연은 만들었어?"

"예. 지시한대로 중개수수료를 더 많이 지급하면서 끈을 만들어 두었습니다."

"잘했어. 앞으로도 계속해 이용하려면 적당한 먹이는 던져주는 게 좋아."

헤론이 마법주머니에서 서류를 꺼내 루이에게 건넸다.

"뭐냐?"

"먼저 보시지요."

서류를 살펴보던 루이가 고개를 갸웃거렸다.

"이건 이번에 구매한 무기목록 같고, 그런데 이건 뭐냐?"

헤론이 건넨 서류는 이번에 구입한 무기목록과 극동함

대에서 판매하고자 하는 무기목록이다.

"러시아 극동함대에서 사용하던 무깁니다."

"설마 이것도 팔겠다는 거야?"

다소 황당한 표정을 지은 루이다.

"빙고! 바로 보셨습니다."

헤론이 웃으며 그간 있었던 일을 설명했다.

"하아! 욕심은 나는데 돈이 문제겠지?"

"함선이나 헬기와 같은 비싼 무기를 제외한다면 자금
도 충분합니다."

"그래?"

"예. 이번에 구입한 소총은 1정에 200달러로 계산해
천정을 구매했고, 60mm 박격포 또한 1문에 400달러로
계산했습니다."

"엥? 그렇게 싸?"

김 부장에게 들었던 가격보다 훨씬 저렴했다.

"예. 주군. 이 세상엔 아주 흔한 무기라 절반도 안 되는
아주 저렴한 가격에 구매했습니다."

"오호! 그렇다면 이것들도 좀 더 구입할까?"

생각보다 훨씬 저렴한 가격에 구입할 수 있다는 말에
스멀스멀 욕심이 차오른다.

다만 마법배낭의 용량을 고려한다면 함선은 생각할 가
치가 없고, 헬기는 분해조립을 한다면 가능할 것 같았
다.

그러나 운용이 어려워 제외 했다. 대신 장갑차나 전차는 가능했다. 다시금 목록을 살펴본 루이가 전차 2대와 장갑차 1대, 소총 1만정, 박격포 300문을 체크하고는 헤론에게 건넸다.

"이것들은 구매하자."

"역시 주군은 통이 크십니다. 영지군이 이런 무기로 무장한다면 가신 가문과 한바탕 전쟁을 치러도 되겠습니다."

"그렇겠지. 당장은 요원한 꿈이지만 머지않은 시기에 그렇게 만들어야지."

아쉬운 것은 가공할 무기를 구매하더라도 병사가 부족하다. 재정이 여의치 않다보니 가장 먼저 줄인 게 병사였기에 작금의 영지군은 고작 팔백에도 미치지 못했다.

더구나 재정의 여파는 기사단에게까지 미쳤다.

제대로 대우를 해주지 못하게 되자 기사단이 동요했다.

결국, 영주가 군신관계를 철회하면서 떠나간 기사들이 대다수였다. 남아 있는 기사단은 아론을 포함한 열셋, 그들마저도 모두 오십 줄에 이르렀다. 즉, 젊고 창창한 기사는 없다는 건 영지의 미래를 이끌 기사단이 사라졌다는 뜻이었다.

"영지의 재정이 나아지고 있으니 머지않은 시기에 가능하지 않겠습니까?"

"그야 당연하지. 일단 목표는 일만의 영지군을 유지하는 거야."

"예에? 일만의 영지군을 유지한다고요?"

헤론이 놀라 되물었다. 일만의 영지군을 운용하려면 1년에 최소 수십만 골드가 필요했다. 물론 작금에 벌어들이는 수익의 규모를 따진다면 불가능한 일도 아니지만, 문제는 수익 대부분을 영지 발전을 위해 사용한다는 것.

여유자금이 충분치 않다는 뜻이다.

"당장은 아니고 천천히 군의 규모를 늘려가야지."

"휴…! 전 또, 깜짝 놀랐습니다."

"자식이! 주군을 어찌 보는 거야? 내가 그 정도도 생각 안하고 일을 벌일 것 같아?"

"워낙에 통이 크신 분이라 걱정되어 그렇습니다."

"뭐, 내가 통이 크긴 하지."

"……."

루이의 자화자찬에 답할 가치를 못 느낀 듯 헤론의 시선이 직원들에게 향했다. 처음과는 다르게 지금은 제법 많은 인원이 근무하고 있었다.

회사가 가파르게 성장하고 있다는 것이 흐뭇했다.

"주군. 어떻게 한 겁니까?"

"뭐가?"

헤론의 시선이 무언가를 지시하는 김 부장에게로 향했다.

"김 부장?"

"예. 놀라지 않던가요?"

"당연히 놀라지."

"비밀이 지켜질까요?"

"그럴 거야."

"그래도 조치는 취해야 하지 않을까요?"

루이가 웃으며 수인을 그리자 허공에 마법진이 생겨났다.

"와! 잔인하십니다."

허공에 나타난 마법진은 피의 맹세다.

맹세한 대상자를 배신하거나 비밀을 누설하는 순간, 몸속의 피가 역류하고 종국엔 심장이 터져 죽는다.

"스스로 요청한 거야."

"정말이요?"

김 부장은 부지불식간이라도 실수를 하고 싶지 않았다.

그래서 강제하는 마법의 종류를 물었고 그가 선택한 건 마나의 언약, 피의 맹세였다.

평소에는 밖으로 드러나지 않지만, 맹세를 어기는 순간 심장에 새겨진 마법진이 활성화된다.

김 부장을 바라보는 헤론의 시선이 달라졌다.

현대식 무기를 가지다

　영주 성 외곽 훈련장.

　무기를 구매했지만 현대식 무기의 운용방법을 몰랐기에 김 부장에게 부탁해 특별교관 자격으로 모셔왔다.

　무기의 사용법에 관한 김 부장의 교육이 이틀 동안 이어지자 이제는 눈 감고도 무기의 분해와 조립까지 가능해졌다. 무기에 대한 이해가 충분하다고 판단되자 다음으로 사격 훈련이 이어졌고.

　"준비!"

　"발포!"

　쿵쿵쿵!

지금은 박격포의 사격훈련이 한창이다.

박격포는 이동이 쉽고 어떤 장소에서든 적을 타격할 수 있는 무기이면서도 화력마저 일반 대포에 뒤지지 않을 정도로 강력했다.

동시에 수십 발의 폭발이 일어나자 붉은 화염과 함께 시꺼먼 연기가 피어난다. 영지군은 물론이고 지켜보던 루이조차도 할 말을 잃었다.

"세상에! 이런 무기라니요."

"마음에 드십니까?"

"들다 뿐이겠습니까?"

아론이 아주 흡족해 했다.

이곳의 전투는 고위 마법사, 혹은 얼마나 많은 마법사를 동원하느냐에 따라 승패가 좌우되는 경우가 많다. 물론 대규모로 벌어지는 전투일수록 그 의존도가 심했다. 하지만 마법사가 일으키는 화염구는 육안으로 확인이 가능하기에 먼 곳에서 공격한다면 얼마든지 피할 수 있다.

헌데 눈앞에 방렬된 박격포라는 무기는 단점이 보이지 않았다. 마법으로 일으키는 화염구처럼 느리지도, 보이지도 않으면서 폭발력 자체는 오히려 강력하다.

더욱 놀라운 건 공격이 시작되고 순식간에 폭발을 일으키며 상대가 대응할 수 없게 만든다.

어찌 흡족하지 않겠는가.

"이렇게 대단한 무기라면 웬만한 몬스터 무리정도는 단번에 쓸어버릴 수 있겠습니다."

아론이 아주 흡족해 하자 곁에서 말리 부단장도 거든다.

"그렇습니다. 이런 무기로 무장한 영지군이 많아진다면 솔직히 대륙을 정복해도 되겠습니다."

"하하하! 너무 큰 그림을 그리십니다."

루이가 흐뭇해하며 정색하자 아론이 거들었다.

"저도 부단장의 의견에 동의합니다. 게다가 이런 무기라면 무거운 공성장비도 필요 없습니다. 틀림없이 전쟁의 양상마저 바뀔 겁니다."

"말씀을 듣는 것만으로도 벅차군요."

정말이지 얼마 만에 느껴보는 뿌듯함인지 모를 정도다.

"재정이 나아지면 영지군의 규모를 일만까지 늘리겠습니다. 그때를 대비해 미리 계획을 세워보세요."

"예?"

"진정이십니까?"

영지군의 규모를 대폭 늘리겠다는 말에 아론과 말리가 믿을 수 없다는 표정을 지었다. 눈앞에 보이는 소총과 박격포라는 강력한 무기를 지닌 일만의 영지군이라면 무엇이 두려울까.

순간이나마 그런 영지군을 이끄는 자신의 모습을 상상

하자 아론의 심장이 요동쳤다. 루이도 마찬가지였다.

몹시도 흥분하고 상기된 표정을 짓는 두 가신을 보자 덩달아 감정이 복받쳤다.

후우.

한 차례 호흡을 가다듬고는 책자를 건넸다.

"이건 저러한 화기를 운용하기 위한 부대구성과 전술을 담은 책잡니다. 몇 번이고 읽어 영지군의 체계를 확립하세요."

"소영주님……."

아론의 눈가가 젖어들었다. 저쪽 세상의 무기를 도입하면 꼭 구해달라고 했었던 전술서다.

아론이 한쪽 무릎을 꿇었다.

"소장, 찬란했던 공작가의 옛 영화를 위해 이 한 목숨 기꺼이 바치겠습니다. 충!"

덩달아 말리가 무릎을 꿇었다.

"소장 또한 공작가의 영화를 위해 이 한 목숨 바치겠습니다. 충!"

동시에 기사들이 일제히 복명했다.

"대 타나리스를 위해 저희들이 가장 먼저 앞장서겠습니다. 충!"

갑작스레 벌어진 기사단의 충성맹세였다.

아직은 영주위에 오르진 않았지만, 루이는 공작가의 유일한 후계자였다.

차후 영지의 주인이 되는 건 자명한 사실.

기사단의 충성맹세를 받지 못할 이유가 없다.

"나, 루이 폰 타나리스 또한 그대들에게 맹세한다. 반드시 공작가를 배신한 자들을 일소하고 대륙에서 가장 빛나는 가문으로 우뚝 서겠다."

"와아아!"

훈련 중이던 영지군이 함성을 지르고 루이가 굳게 쥔 주먹을 들어보였다.

"우아아아! 대 타나리스 만세!"

"소영주님 만세!"

영지군이 내지르는 포효가 타나리스를 들썩이게 했다.

그렇게 한달 동안 이어진 사격과 기동훈련을 마치자, 마침내 현대식 무장을 갖춘 영지군이 탄생했다.

편제 또한 저쪽 세상의 조직을 참고해 분대, 소대, 중대, 대대, 연대, 사단으로 정했고, 최소 조직인 분대는 8명의 소총수와 기관총을 운용하는 2명의 병사였다.

그렇게 보병 1개 대대를 조직해 부단장인 말리로 하여금 이끌도록 했다. 또한 20문의 박격포를 운용하기 위해 60명으로 구성된 포대를 창설해, 선임기사인 퍼커슨을 포대장에 임명했다. 개개인의 장비도 저쪽 세상의 병사에게 지급되는 것과 동일했다.

같은 색상의 통일된 복장, 동일한 장비를 갖춘 영지군

의 모습은 보는 것만으로도 강군이라는 느낌을 받게 했다. 창설된 영지군의 사열식이 열렸다.

"부대 차렷!"

척척척.

"소영주님께… 예!"

"추웅!"

동시에 수백명의 영지군이 일제히 한쪽 무릎을 꿇으며 외치는 군례에 심장이 울렁거린다.

"추웅!"

뒤이어 마나를 담은 아론의 우렁찬 군례가 이어지고.

"충!"

루이가 받아들였다. 사열식을 마친 영지군은 몬스터가 터 잡은 워커밀로 향했다. 영지의 유일한 자금줄이었던 철광산을 확보하기 위한 출진이자, 실전능력을 배양하기 위한 조치였다. 이드리스 대륙에 불어 닥칠 거대한 폭풍, 타나리스 영지군의 원대한 행보가 조용히 시작됐다.

* * *

타나리스 유통.

수 시간째 김 부장이 올린 기안서를 검토 중이다.

이전의 독대에서 결정한대로 인수 가능한 건설사를 선정한 김 부장은 보고서를 통해 한림산업이라는 회사를 철저히 해부했다. 간단히 말해 한림산업은 타나리스가 필요로 하는 경험과 기술을 축적한 건설사였다.

다만 좀 더 많은 수익을 올리고자 공사비조로 받은 토지에 직접 건축을 시도하면서 자금 사정이 악화됐다.

도산위기에 처했다는 뜻이다.

"주 종목이 토목공사임에도 과한 욕심을 부린 게 화근이군요."

"그렇습니다. 무리하지 않았다면 악화될 이유가 전혀 없는 회사입니다."

설명을 하면서도 입맛을 다시는 김 부장이다.

이미 눈빛을 통해 꼭 한림산업을 인수하자는 의지를 전해온다. 아직은 이 세상의 산업구조에 대한 지식도 부족하고 이해력도 딸린다.

게다가 건설에 관해서는 여전히 문외한 이었기에 전적으로 김 부장의 의견을 참조할 수밖에 없었다.

"은행 측과 협의한 겁니까?"

"예, 대표님."

"허면, 회사 관계자도 만나봐야 하지 않을까요?"

"당연한 말씀입니다. 대표님께서 결정만 내리시면 곧바로 협상에 들어가겠습니다."

"알겠습니다. 인수의향서를 보내고 그쪽 관계자와 만나보세요."

김 부장이 협상을 준비하는 동안 한림산업에서 건축 중

인 공사현장을 방문해 보기로 했다. 이 세상의 건축에 관해 배우려면 가장 먼저 현장을 알아야 한다.

＊　＊　＊

강남을 기반으로 성장한 두 조직, 강철파와 백상어파다. 서로가 비슷한 전력을 가진 덕분에 오랫동안 평화를 유지해 왔지만, 강력한 권력을 등에 업은 백상어파가 보스 강철이 거주하는 주택을 기습했다. 이유야 명백하다.

보스 강철을 사로잡아 조직을 흡수하려는 것.

기습이 성공하면서 강철을 비롯해 부두목인 대근까지 사로잡았지만, 때마침 영업 나온 헤론에 의해 실패로 돌아갔다. 그때부터 두 조직 간의 다툼이 시작되었고, 작금엔 극도의 긴장감이 흐르고 있다.

태평(太平)각.

강남에 위치한 전통요정인 태평각은 예부터 고관대작이 즐겨 찾던 곳이다. 그중에서도 후원에 위치한 별채를 이용할 정도면 대단한 권력자이거나 권력 정도쯤은 우습게 부릴 수 있는 큰 재물을 지닌 자다.

강만수. 5선 의원이자 현 여당의 실세, 다음 대권주자인 그가 이곳에 자리하고 있었다.

"그래. 금괴의 행방을 찾았다고?"

"예. 러시아 쪽에서 정보를 얻었습니다."

"러시아라."

"아마도 추적을 우려해 러시아 측과 거래한 것 같습니다."

"그렇겠지."

"한데, 거래물량이 예상을 웃돕니다."

강만수가 미간을 찌푸렸다.

"3톤이었습니다. 다른 곳에서도 털지 않았겠습니까?"

강만수가 지그시 눈을 감았다.

그 정도로 많은 금괴를 거래했다면, 금고를 털어간 놈일 확률이 높다. 망설일 이유가 없었다.

"만나보고 싶군."

"예, 의원님. 조금 시끄러울 수 있습니다."

강만수가 고개를 끄덕였다. 이 나라의 민초들은 냄비다. 개들의 칼부림 정도야 하루만 지나도 조용해질 것이고, 때를 봐서 풀어주면 될 터였다.

* * *

초겨울을 지나 본격적인 겨울 문턱에 들어선 계절답지 않게 강철파엔 후끈한 열기가 감돌고 있었다.

차가운 바람에 진눈깨비가 휘날리는 오후쯤, 어깨가 떡벌어진, 푸른 눈에 금발을 가진 자가 투기를 펄펄 흘리며 습격해왔다. 아니 습격이라기엔 뭔가 어색하다.

그는 강철파를 접수하겠다는 통보와 함께 입구에서부터 아주 천천히 보스가 있는 4층을 향해 올라오는 중이다.

물론 내로라하는 조직의 주먹들을 차례대로 꺾으면서.

영업장을 둘러보던 대근 또한 연락을 받고는 황급히 돌아왔다.

"몇 층이야?"

"4층 계단입니다."

상대는 강했다.

1층부터 시작해 4층에 이르는 동안 쇠파이프와 칼을 비롯해 각종 연장을 든, 어림잡아 40명에 달하는 조직원을 꺾어버렸다. 상대가 없다던 전설의 주먹들도 결코 해낼 수 없는 이야기 속에서나 있을 법한 일을 홀로 벌이고 있다.

"백상어파도 아니고 도대체 어디서 온 놈이야?"

"어느 곳에도 속하지 않았답니다."

"뭐?"

"스스로 말했습니다."

"그럼 뭣 때문에 우리를 공격하는 거야?"

"그게……."

"괜찮으니 빨리 말해봐."

수하가 머뭇거리자 강철이 짜증을 냈다.

"이곳을 접수하러 왔답니다."

"미친……."

아니다. 저자의 거침없는 행동을 보면 가능한 이야기다.

무식한 방법이지만 저자는 강철파에서 대응할 수 있는 시간을 주면서 아주 천천히 계단을 오르고 있다.

아마도 지금의 상황도 저자가 의도한 것일 터였다.

마치 '너희들이 내세울 수 있는 자들을 모두 불러라.' 이렇게 외치는 것 같았다. 게다가 오롯이 주먹으로 모두를 꺾고 있으니 실력만큼은 최고다.

예전 드라마로 봤던 건달이 주름잡던 시대라면 저자의 호언대로 강철파 또한 고개를 조아렸을 것이다.

그러나 그건 구시대적 사고방식이었다. 지금 세상은 자금력으로 조직원이 궁핍하지 않도록 보살펴 주는 게 최우선이다.

그저 주먹만 세다고 만사형통이 아닌 세상이다.

그렇지만 한 사람에 의해 조직이 무너지는 것 또한 좋지 않았다.

"형님께 연락했어?"

"예. 통화했습니다."

안도하는 대근이다.

어떻게든 헤론이 도착할 때까지만 버틴다면 현재의 상황을 모면할 수 있을 것이다. 하지만 대근은 깨달아야 했다. 오십명이 남아 있던, 백명이 남아 있던, 버틸 수 있는 상대가 아니라는 것을.

"주먹으로 살아가는 애들이 왜 이리 약해! 더 내세울 자는 없어?"

테론이 재미없다는 듯 푸념을 내뱉었다.

새로운 보스(1)

이틀 전.

헤론은 검정고시에서 1등급을 받은 후, 곧바로 치른 수능에서도 몇몇 문제를 제외하고 모두 맞혔다. 그렇게 진학한 대학은 이 나라에서 알아주는 한국대학교다.

"축하한다. 헤론."

"감사합니다. 주군."

"이제 대학에 진학했으니 네가 원하는 대로 마음껏 해 봐."

"주군께서도 함께 다녔으면 좋을 텐데 아쉽습니다."

결론은 진학을 포기한 루이다. 벌여놓은 일이 많은 만

큼 대학이라는 곳에 얽매여 있을 시간이 없었다.

사실 공부하는 게 귀찮기도 했고.

"나야 언제라도 다닐 수 있으니 불편해 할 필요 없다. 대신 네 뒤에 영지민이 있다는 것을 명심하고."

"예, 주군. 기대를 저버리지 않도록 열심히 배우겠습니다."

"그래. 그런 자세라면 된 거야."

이 세상의 의료기술과 체계를 가져가려면 관련 지식이 뒷받침 되어야만 한다.

혜론이 그것을 원했고, 루이 또한 흔쾌히 동의했다.

의과대학으로 진학을 결정한 이유였다.

"학업에 매진하려면 주변을 정리해야지."

"강철파 말입니까?"

"그래."

강철파는 루이의 도구로 사용하고자 혜론이 연을 맺은 곳이다.

"버리기엔 아깝지 않습니까?"

"걔네 쓸모가 많은데 왜 버려?"

"허면……?"

"너 대신에 테론이 이끌어야지. 아예 조직이름도 바꾸고. 강철파가 뭐냐 강철파가."

어찌 보면 마법사인 혜론보다 육체파인 테론이 가장 어울리는 세계다. 게다가 주먹을 논한다면 테론의 적수가 존재하지 않는 세상이기도 하고.

"주군께서 그리 결정했다면 따르겠습니다."

"잘 생각했다."

"사실 주군께서 결정하셨으니 말씀드리는데……."

"알아!"

"예?"

"요즘 테론이 노는 재미에 푹 빠졌다는 걸 말하는 거잖아."

"아셨습니까?"

"한창 호기심을 가질 나이잖아. 그동안 고생도 많이 했으니 나름 즐길 건 즐겨야지."

"그래도 아직 자리 잡은 것도 아니고……."

"됐어. 그냥 모른 척 해."

"…예."

어쩌면 루이나 헤론보다도 더더욱 이 세상에 적응해버린 테론이다. 맛집을 검색해 찾아가거나 클럽에서 밤을 지새우는 건 기본이고, 컴퓨터 게임으로 폐인 생활을 하기도 했다. 다행인 건 일이 있을 때면 언제 그랬냐는 듯 평소의 모습으로 돌아왔다.

"근데 강철파를 접수하려면 뭔가 임팩트가 있어야 하지 않을까?"

"그건 테론에게 맡기시죠. 이미 영지의 뒷골목을 접수하지 않았습니까?"

"아…! 맞네. 이거 잘못하면 테론파로 바뀌는 거 아니야?"

"아마도요."

그렇게 테론이 강철파를 접수하는 것으로 이야기가 끝났다. 4층에 들어선 테론이 소리치자 강철파를 대표하는 주먹 대근이 막아섰다.

"오호!"

이제까지와는 다르게 제법 강한 기운을 흘리는 자가 나서자 흥미가 동한 테론이다.

물론 쓰러진 자들보다 조금 더 강하다는 정도일 뿐 하위 몬스터가 뿜어내는 살기보다 못하다.

"대단한 실력임을 인정한다. 허나 이곳의 모두를 쓰러뜨려도 네 밑으로 들어가는 일은 없을 것이다."

"너희가 몸담은 세계는 약육강식이 지배하는 곳이 아닌가?"

"그 말도 맞지만, 강함이 다는 아니다."

"그래도 강한 자에게 의탁하는 게 나쁘진 않지."

"나를 넘는다고 끝나지 않는다. 형님께서 도착하시면 너 또한 다르지 않을 것이다."

"그건 나중 일이고, 우선 네 실력을 보고 싶으니 덤벼라."

"좋다."

대근이 두 주먹을 굳게 쥐고는 상체를 약간 숙여 자세

를 잡았고, 테론은 느긋이 바라본다.

둘의 시선이 교차됨과 동시에 무릎을 살짝 굽힌 대근이 단말마의 기합을 내지르며 허공으로 치솟아 상체를 비틀었다. 뒤이어 오른 발을 축으로 삼아 회전하자 왼발이 크게 원을 그리며 내리꽂힌다.

군더더기가 없는 깔끔한 동작.

훤하게 보이는 공격이지만 그 속도만큼은 빠르다.

만약 저자가 마나를 사용할 수 있었다면 시선으로 쫓는 것조차 힘들었을 것이다.

"와우!"

테론이 감탄했다. 그러면서도 왼팔을 이용해 돌려차기를 막아내고는 동시에 강철 같은 몸뚱이를 부딪쳤다.

퍼억—

둔탁한 소리와 함께 대근이 밀려나며 바닥을 굴렀다.

"형님!!"

동시에 수하들이 테론을 막아섰다.

"괜찮아. 다들 물러나."

몸뚱이와 부딪히는 순간 마치 쇠몽둥이로 얻어맞는 것 같았다. 온몸이 부서지는 충격에 한순간 정신이 혼미할 정도, 상대가 곧바로 공격해왔다면 이미 끝났을 싸움이었다. 몸뚱이를 일으킨 대근이 다시금 자세를 잡았다. 한번의 격돌이었지만 상대와의 현격한 실력차이를 확인했다.

이길 수 없는 싸움이다. 허나 대근 역시도 몇 번이고 사선을 넘고서야 이 자리에 섰다.

대근의 눈빛이 변했다. 그때.

"그만해!"

헤론이 도착했다.

"형님."

대근이 자세를 풀며 고개를 숙이고.

"큰형님!"

남아 있던 수하들이 안도하며 일제히 허리를 꺾었다.

다가온 헤론이 대근의 몸뚱이를 살펴보고는 크게 다친 곳이 없자 안도했다. 그리고는 테론을 바라보며 인상을 찡그렸다.

"야! 적당히 해야지. 도대체 이게 뭐야?"

"그러게, 아주 애들을 작살내버렸네. 쯧쯧! 이정도면 조직을 유지하지도 못하겠다."

뒤따라온 루이가 테론을 보며 혀를 찼다.

"아니, 임팩트 있게 하라면서요?"

"저게 임팩트냐? 임팩트 두번이면 아주 애들을 죽이겠다."

화를 참지 못한 헤론이 씩씩거렸다.

그러자 테론도 발끈했다.

"쓰벌. 탁 치니 억하고 뻗는데 날더러 어쩌라고? 쟤들이 너무 약해서 그런 거지."

"그러니 네가 힘 조절을 했어야지. 네 몸뚱이가 걸어 다니는 흉기란 걸 몰랐어?"

"……."

"에휴! 주군, 테론에게 맡겨도 될까요?"

"나도 싫다. 재들 데리고 뭘 하겠어? 차라리 영지 애들 데려오는 게 훨씬 낫지."

"야야! 그만하면 됐어. 그보다 헤론은 재들 치료 좀 해 줘."

"예, 주군."

어안이 벙벙한 대근이었다. 조직을 쑥대밭으로 만든 자와 형님이 알고 있다. 그것뿐만 아니다. 주고받는 대화를 보면 저자를 일부러 보낸 것 같았다. 그런데 도대체 왜?

의문을 품는 것도 잠시, 뒤이어 도착한 자는 또 누구인가. 형님이 아주 깍듯이 대한다.

게다가 그토록 강했던 저자마저도 다르지 않다.

갑자기 복잡한 상황이 펼쳐지니 생각이 많아지며 머리가 지끈거린다. 그때, 루이의 시선이 대근에게로 향했다.

"그리고 너!"

형님에게 지시를 내린, 뭐라고 칭해야하나… 어쨌든 척 봐도 포스가 줄줄이 흐르는 자가 저를 불렀다.

"예?"

얼떨결에 답하고 말았다.

그랬더니 아주 부드러운 시선으로 바라보며 따라오라는 말과 함께 큰형님께서 사용하시는 사무실로 향한다.

마치 오랫동안 사용해왔던 곳인 양 거침이 없다.

더욱 황당한 건 복도를 막아섰던 수하들이 마치 약속이나 한 듯 좌우로 물러나며 길을 열었다.

"빨리 안 오고 뭐해?"

뒤에도 눈이 달린 듯 멀뚱히 서서 움직이지 않자 재촉하기까지 했다.

"테론도 들어오고."

그리고는 사무실에 들어서자 아주 당연한 듯 상석에 자리하더니, 문 앞에 멀뚱히 서 있던 수하에게 명까지 내린다.

"너는 마실 것 좀 내와."

상황파악이 제대로 안됐는지 수하가 시선으로 물어오기에 고개를 끄덕여주었다. 우선은 헤론 형님이 치료를 끝내고 올 때까지 궁금해도 참을 수밖에 없다.

"상황파악이 안 되지?"

루이가 웃으며 말했다.

"……."

"대근이라고 했나?"

"…예. …헌데, 어찌 아시는지?"

"일전에 부탁한 일을 잘 처리해줘 고맙다. 덕분에 일이 수월해졌어."

"……?"

"러시아에서 금괴를 처분한 거 말이야. 내가 헤론에게
명을 내렸거든."

"아……!"

"그리고 헤론은 내 가신이야. 니들 말로 하면 심복이
지."

루이의 시선이 테론에게 향했다.

"이 놈도 마찬가지고. 아…! 얘는 테론인데 헤론 친동
생이야."

"예에?!"

다소 놀라는 대근이다. 서로가 아는 사이라는 건 이미
드러났지만, 친동생일 거라곤 예상하지 못했다.

'저자와 함께할 수 있었으면.'

워낙에 보여준 임팩트가 대단했기 때문인지 친동생이
라는 말에 갑작스럽게 든 생각이었다. 그렇게만 된다면
강남을 일통한 후, 서울, 나아가 전국을 제패할 수도 있
을 것 같았다. 아니, 저 정도 실력이라면 가능하다.

주먹계에 투신하고부터 가져왔던 꿈!

사내라면 응당 정점에 도전해볼 만한 일이지 않은가?

"뭘 그렇게 생각해?"

"아, 아닙니다."

괜히 얼굴이 화끈거렸다.

"우선 테론이 조금 과하게 했던 건 내가 대신 사과하지. 악감정이 생겼다면 풀도록 해."

"이쪽에선 흔한 일입니다. 더구나……."

대근이 테론과 시선을 맞추었다.

"강한 자와 함께할 수 있다면 좋은 일이 아니겠습니까?"

"하하하! 역시 사내야. 좋아, 내 단도직입적으로 말하지."

루이가 헤론이 처한 사정을 이야기하자 대근이 아쉬운 표정을 지었다.

하지만 헤론이 아예 조직과 연을 끊는 것도 아니다.

단지 학업을 위해 예전처럼 조직의 일에 전적으로 나서지 못한다는 정도였다.

대신 무식하리만치 강한 강자를 보내주었다.

"어때? 헤론의 결정을 이해해 줄 수 있지?"

"물론입니다. 형님께서 그렇게 결정했다면 따라야지요."

대근이 자리에서 일어나 테론을 바라보더니 정중히 허리를 숙였다.

"비록 제가 나이는 많지만 이 세계는 주먹으로 말합니다. 형님으로 모시겠습니다."

그러자 테론이 일어났다. 그리고는 대근에게 다가서 거세게 끌어당기며 포옹했다.

"너를 형제로 대하겠다. 이는 내 심장이 멎는 날까지 변하지 않을 것임을 맹세한다."

쿵쿵쿵.

테론의 심장소리가 전해져왔고.

쿵쿵쿵.

대근의 심장도 거세게 뛰기 시작했다.

"뭐야, 벌써 얘기가 끝난 거야?"

다친 자들을 모두 치료한 헤론이 들어왔다.

생각보다 사무실의 분위기가 괜찮아 보이자 이야기가 잘됐다는 걸 느꼈다.

역시나 대근이 웃으며 일어났다.

"축하드립니다, 형님."

"고맙다."

"아닙니다. 형님께서 그쪽으로 진로를 잡으셨다니 응당 축하드려야지요."

"그리 생각해주니 더 미안해지네."

"그보다 입학식은 언젭니까?"

"아서라."

헤론이 고개를 저었다.

"그래도 대 강철파를 이끄시는 형님께서 수재들만 간다는 한국대학교에 합격했는데 어찌 그냥 있겠습니까? 축하는 해야지요."

"됐다. 니들이 우르르 몰려오면 내가 다닐 수나 있겠

냐? 축하는 받은 걸로 하자."

"하하! 알겠습니다. 그래도 그냥 지나갈 순 없으니 오늘만큼은 제가 모시겠습니다."

"그래라. 모처럼 놀아보자."

듣고 있던 루이가 흔쾌히 동의하자 테론이 입맛을 다셨다.

＊ ＊ ＊

망나니 클럽.

역삼동에 위치한 클럽으로 강철파의 나와바리 중에서 가장 규모가 큰 곳이다. 오늘 이곳에 보스 강철을 비롯해 부두목인 대근과 행동대장 등 강철파 조직원이 모두 모였다.

넓은 홀에 단상이 만들어지고, 좌우로 사각형 탁자를 이어 만든 긴 테이블이 놓였다. 조직의 화합과 새로운 보스를 추대하기 위해 만들어진 자리였다.

조직원이 모두 자리하고 분위기가 무르익자 보스 강철이 일어났다. 동시에 조직원들의 시선이 집중되고, 수하들을 훑어본 강철이 카랑카랑한 목소리로 말했다.

"나, 강철은 이 시간 이후로 테론에게 조직을 맡기고 야인으로 돌아가겠다. 새로운 보스를 위해 잔을 들어라!"

강철의 외침에 모두가 잔을 들었다.

"새로운 보스를 위하여!"

"위하여!"

강철이 공식적으로 보스직을 넘기는 순간이었다.

건배를 외친 강철의 시선이 테론에게로 향했다.

의미를 모르지 않는 테론은 자리에서 일어나 강철이 있는 곳으로 이동했다. 마나를 활성화시킨 테론이 움직일 때마다 강력한 투기가 일어나며 순식간에 넓은 홀을 장악했다.

강자의 기운. 숨이 막힐 것 같은 투기는 테론을 바라보는 조직원들에게 공포와 안식을 동시에 안겨줬다.

새로운 보스(2)

 보스의 명만큼은 절대로 거부해서는 안 된다는 두려움과 그 어떤 조직과 맞붙어도 이길 수 있다는 안도감이었다. 테론이 도착하자 강철이 한 발짝 물러나며 서 있던 자리를 양보했다. 테론이 눈빛으로 감사를 표하고는 강철을 대신해 자리에 섰다.

 "나와 너희들은 형제다. 그렇지 않나?"

 "그렇습니다!"

 조직원들이 외쳤다.

 "그렇다. 피를 나누어야만 형제가 되는 건 아니다. 나와 너희가 형제인 이유."

테론이 잠시 호흡을 가다듬었다.

"바로 서로의 목숨을 나누기 때문이다."

목숨. 형제인 이유로 목숨을 들었다. 음지에서 살아가는 자들에겐 그 어떤 수식어보다 가슴 뭉클하게 와 닿는 말이다. 강철파 조직원들의 표정에 감동이 일었다.

테론이 소리친다.

"답하라. 내가 누구냐?"

"형젭니다!!"

"말하라. 내가 누구냐?"

"저희들의 보습니다!!!"

"맞다. 내가 바로 보스다. 강철파 보스로서 약속하겠다. 강남을 먹고, 서울을 먹고, 이 나라를 먹겠다."

"우우우우우!"

탁탁탁탁탁!

감정에 복받친 조직원들이 소치며 탁자를 두들겼다.

이층에서 조용히 홀을 내려다보던 루이가 새삼스럽다는 듯 놀란 표정을 지었다.

"와, 쟤가 원래 저랬어?"

"어휴! 병에 걸려도 단단히 걸렸습니다. 영지 뒷골목을 접수할 때도 저랬습니다."

"그런 일이 있었어?"

"예. 어떻게 대사도 저렇게 똑같은지 모르겠습니다."

"하하하! 어쨌든 엄청 멋지다. 괜히 나까지 가슴 떨리

네."

"주군도 참……."

"나중에 테론을 선봉에 세워야겠다. 쟤 완전히 선봉장 감이야."

테론의 새로운 모습을 확인한 게 흡족한지 진한 미소로 홀을 내려다보는 루이였다.

* * *

한국대학교.

이 나라를 대표하는 수재들이 모인다는 한국대학교에 진학한 헤론이다. 바쁜 와중이었지만 인생의 동반자이자 제1 가신의 입학식에 참석하지 않을 순 없다.

"거듭 축하한다. 헤론."

"감사합니다, 주군."

입학식의 모습은 양쪽 세상이 엇비슷하다.

총장의 긴 인사말과 함께 입학식이 시작되고, 교수진의 소개와 축하공연이 이어졌다. 솔직히 지루했기에 주변을 둘러보며 신입생들을 구경했다.

"야, 헤론!"

"예. 주군."

"예전에 말이야 대학에 진학하면 예쁜이들이 많다고 하지 않았냐?"

"예. 기억납니다."

"근데 주변을 둘러봐도 예쁜이들이 없는 것 같은데?"

"글쎄요. 저도 기대하고 왔는데 도통 보이질 않네요."

"그렇지? 은근히 소개팅도 기대했는데 말이야. 저 정도라면 솔직히 내가 거절해야겠다."

"그래도 잘 찾아보면 주군 마음에 드는 예쁜이가 있지 않겠습니까?"

"아냐, 아냐. 아무래도 대학을 잘못 선택한 거 같아."

"허면 다른 대학으로 옮길까요?"

"다른 대학엘 가려면 다시 일년을 기다려야 하는데?"

"그건 그렇죠."

"그냥 예쁜이들 만날 생각은 접고 열심히 공부나 해라. 그게 네가 할 일이자 주군이 내리는 임무다."

"…예."

루이가 헤론과 시시콜콜한 농담을 주고받으며 웃고 있을 때, 중년의 여인이 그런 루이를 유심히 바라본다.

이윽고 확신이 섰는지 곁에선 중년의 남성과 소곤거리더니 이내 다가왔다.

"저기, 실례합니다."

루이의 시선이 중년 여인에게 향했다.

"어?"

어찌 모르겠는가. 일부러 만들어 둔 인연이었다.

루이가 아는 체를 하자 중년 여인이 활짝 웃는다.

"이제야 은인을 만나는군요."

"은인이라니요. 당치도 않습니다."

루이가 손사래를 쳤다.

"여보, 인사드려요. 그분이세요."

"이제야 은인에게 인사드립니다. 강인호입니다."

중년 남성이 깊이 허리를 숙이며 감사의 예를 표했다.

누가 봐도 과한 예였다.

루이 또한 급히 허리를 숙여 마주보며 예를 차렸다.

"김루이라 합니다."

일부러 만든 인연이었지만, 사실 명함을 건네받은 그날 이후로 잊고 있었다.

그런데 이곳에서 만날 줄은 예상하지도 못했다. 더구나 이야기를 나눠보니 중년 남성은 한국대학병원 원장이면서 교수였고, 부인 역시도 교수를 겸직하고 있었다.

"반갑네. 어려운 일이 있으면 언제라도 찾아오게."

"앞으로 잘 부탁드리겠습니다. 교수님."

헤론이 신입생이라고 하자 강인호 교수가 웃으며 악수를 건넸다. 인연이 이어지려 했음인지 서진이라는 중년 부부의 딸도 헤론과 같은 의과대학에 진학했다.

부부가 함께 입학식에 참석하면서 뜻하지 않게 루이를 만난 것이다. 마치 헤론을 위한 잘 짜인 각본처럼 느껴졌다.

"어렵사리 은인을 만났는데 이대로 보내드릴 순 없습

니다."

"맞아요. 저희가 조금이라도 은혜를 갚을 수 있게 해주셔야 합니다."

강인호 원장이 굳센 표정을 지으며 말하자 부인이 거들었다. 기왕지사 이렇게 된 거 중년부부를 통해 의료분야에서 종사하는 자들과 더 많은 연을 만들기로 했다.

"좋습니다. 특별히 바쁜 일도 없으니 오늘은 두 분께 신세를 지겠습니다."

루이가 허락하자 중년부부의 표정이 밝아졌다.

사실 오수연은 단 한순간도 그날의 일을 잊지 못했다.

손끝이 움직일 때마다 투명한 빛 같은 게 일렁이며 순식간에 상처 주위를 깨끗하게 만들고는, 어느 순간 눈에 보일 정도로 빠르게 상처가 아물었다. 평생 의료계에 몸담았지만 그 같은 현상은 듣지도 보지도 못했다.

직접 눈으로 보면서도 믿어지지 않을 정도니 다른 이로부터 들었다면 코웃음 쳤을 것이다.

깨어난 남편 역시도 이해되지 않는 듯 틈만 나면 그날의 일을 물어왔다. 강인호 역시 마찬가지다.

그날 발을 헛디며 아래로 구르면서 나무둥치에 부딪히며 부러진 가지가 등을 찌른 것도 모자라 복부를 관통해 튀어 나왔다. 눈으로 직접 확인하고 만져봤다.

피 묻은 손으로 나뭇가지를 붙잡고 벗어나고자 했지만

너무도 강렬한 고통에 정신을 잃었었다.

그리고 깨어난 곳은 병원.

당연히 큰 수술을 했을 것이라 생각했다. 그런데 수술 자국은커녕 상처가 아문 작은 흔적만 보였다.

고개를 갸웃거리며 욕실로 들어가 웃옷을 벗어 거울에 비친 등을 확인했다. 역시나 똑같은 흔적뿐이다.

기억이 잘못된 것일까? 아니다. 복부와 등의 상처를 보면 기억이 틀리지 않았다.

도대체 정신을 잃은 동안 무슨 일이 일어난 걸까?

때마침 안사람이 들어오기에 질문부터 건넸지만, 그저 빙긋 웃기만 할 뿐 그 일에 관해 함구할 뿐이었다.

평생을 의사로 살아오면서 처음 겪은 불가사의한 경우였다. 그날 이후로 틈만 나면 안사람에게 묻지만 여전히 답해주지 않았다.

원장 가족과 함께 도착한 곳은 신라호텔 23층에 위치한 콘티넨탈이라는 레스토랑이다.

고급스러우면서도 화려하지 않도록 적당한 절제미를 갖춘 우아한 실내장식과 전문적이면서도 세심한 직원들의 서비스가 무척이나 만족스러웠다. 미리 예약을 했는지 직원이 안내한 곳은 탁 트인 시야를 갖춘 룸이었다.

일행이 자리하고 준비가 갖추어지자 와인을 시작으로 코스요리의 향연이 시작됐다.

특히나 호텔에서 특별히 내어놓은 '에쎙스'라는 와인은 맛이 깊고 중후하면서도 부드러운 질감이 매력적이었다.

물론 저쪽 세상에 존재하는 '화이트 드래곤'이나 '블루 드래곤' 같은 와인에 비한다면 태양 앞에 반딧불일 뿐이다. 어쨌든 식사 내내 미소를 보내는 강원장 부인, 아니, 오교수의 시선만 제외하면 상당히 만족스러운 식사였다.

"나름 고민 끝에 이곳으로 모셨는데 만족하셨는지 모르겠습니다."

"원장님 덕분에 호강했습니다."

"하하! 다행입니다."

강원장은 정말로 기뻐하는 표정이었다.

다만 후식으로 나온 커피를 마시면서 오교수가 꺼낸 뜻밖의 말에 조금 당황했다.

"자세히 보니 은인께서도 푸른 눈에 금발을 가진 미남이시네요."

"하하! 감사합니다. 어머니께서 워낙에 미인이시라."

물론 살짝 웃어주며 가볍게 받아넘겼다.

"병원에서 누가 통화하는 걸 들었는데 칼에 찔린 상처도 금방 아물게 만든다더군요."

"예?"

"통화 내용을 들어보니 푸른 눈에 금발을 가진 외국인

마술사라고 하던데…….”

루이가 헤론을 바라봤다. 아무래도 강철파 조직원이 통화하는 걸 들은 것 같았다.

하긴. 그 많은 조직원을 치료해 주었는데 비밀이 지켜진 것도 용했다.

오교수의 말에 강원장 또한 초롱초롱한 눈빛으로 이쪽을 바라본다. 아마도 서로 간에 교감이 있었던 것 같다.

‘쩝! 이왕에 인연을 이어가게 됐으니 확실한 내 사람으로 만들어야겠다.’

“이런 걸 보고 싶으신 거죠?”

루이의 양손에 손에 이글이글 타오르는 불덩이 여섯 개가 만들어졌다. 강원장은 물론이고 치료에 관한 마술을 기대했던 오수연마저 놀란 입을 다물지 못했다.

루이의 추종자가 생기는 순간이었다.

* * *

검은 색 하의에 붉은 색 외투를 걸친 의장대를 따라 상하의 검은색 복장을 착용하고 소총을 멘 근위대가 이동한다. 근위대가 지나간 자리를 금박으로 장식한 투구를 쓰고 붉은 색 상의에 하얀 바지를 착용한 기마대가 검은 털의 군마를 타고 위풍도 당당하게 뒤따른다.

군악대의 연주가 시작되자 절도 있는 근위병의 교대식

이 진행되고, 근위대 뒤로 영국의 상징인 버킹검 궁이 웅장한 자태를 뽐내고 있다.

하지만 오늘은 왕실기가 아닌 유니온잭이 첨탑에서 나부끼며 여왕이 궁에 머물지 않는다는 것을 알려줬다.

버킹검 궁 여왕 집무실.

알려진 것과는 다르게 엘리자베스 2세는 궁에 머물고 있었다. 그것도 집무실에서 손님을 기다리는 중이었다.

"닥터는 아직 인가요?"

궁내부 장관 메건이 벽시계를 바라본다.

"이제 도착할 시간입니다."

말이 끝나기 무섭게 집무실 대기가 일렁이며 허공에서 중년의 신사가 튀어나왔다.

그가 여왕을 향해 왼쪽 무릎을 꿇고는 예를 차렸다.

"신 레인저, 폐하를 뵙습니다."

닥터 레인저.

비밀리에 영국왕실을 수호하는 불사조기사단을 이끄는 수장이다.

"경은 오랜만에 뵙는군요."

"자주 찾아뵙지 못해 송구합니다."

"엘하임에 문제가 생겼다던데, 그 일 때문인가요?"

"사소한 일입니다. 폐하께서 염려하실 정도는 아닙니다."

"저런! 경이 정색하는 걸 보니 작은 문제가 아니군요. 그보다 한국에 보냈던 요원은 돌아왔나요?"

"예, 폐하."

닥터가 왕실 문양이 찍힌 두루마리를 건넸다.

여왕이 건네받자 스스로 매듭이 풀리며 펼쳐진다.

일반인이 봤다면 놀랄 정도로 신기한 마술일 테지만, 두루마리는 룬어가 각인된 마법 두루마리다.

보고서를 읽고 난 엘리자베스가 조용히 눈을 감은 채 한동안 침묵했다.

무언가를 깊이 생각할 때마다 나오는 여왕의 버릇.

이윽고 눈을 뜬 여왕이 품안에 간직한 금화를 꺼내 유심히 살펴본다.

한국에 파견된 요원은 가장 먼저 알비노가 금화를 구입했다는 금은방을 방문해 정보를 얻었다.

요원의 또 다른 신분은 인터폴.

국제사기범을 수사한다는 말에 금은방 주인이 제공한 건 CCTV, 그날의 거래가 촬영된 동영상이었다.

금화를 판매한 일행은 둘. 검은 눈에 흑발의 아시아계가 아닌, 푸른 눈에 금발을 지닌 백인이다.

게다가 어눌한 발음은 그들이 이곳에서 나고 자란 자가 아니라는 것을 말해줬다.

그렇다면 대한민국 국적을 가진 내국인은 아닐 터였다.

실제 그렇게 추측하면서 출입국 사무소의 협조를 얻어 최근까지 한국을 드나들었던 외국인의 기록을 살펴봤다.

대한민국 국적을 가진 내국인이라는 생각을 못했기에 벌어진 일로 금화를 판 일행을 찾는데 생각보다 많은 시간을 허비한 것이다. 결국 동영상에 나타난 둘의 얼굴을 스캔해 내국인과의 대조작업에 들어가면서 가장 먼저 범죄자들을 대상으로 했다.

두 세상이 다른 점

그런데 생각보다 이른 시간에 찾아내게 되었다.

헤론이 약초원을 운영하면서 처벌받은 형사기록으로 인해 김혜론이라는 이름과 생년월일, 거주지가 드러났다.

"타나리스라는 상호가 눈에 띠는군요."

"저도 같은 생각을 했습니다."

타나리스라는 지명은 스튜어트가의 초대가주인 로버트 1세가 저술한 '영웅의 서사시'에 등장한다.

'영웅의 서사시'는 총 다섯권으로 이루어졌지만, 작금에 전해지는 건 세권이 전부다.

1권은 제목에서 보듯 영웅들의 삶과 고뇌를 적어놓았고, 2권은 룬어라는 세상에 알려지지 않은 문자를 기록했다.

그리고 3권은 룬어를 이용한 마법에 관해 서술했다.

불사조기사단이 사용하는 무력의 토대가 된 마법서다.

특히나 타나리스라는 지명은 1권에 등장하는 수많은 지명 중에서도 가장 많은 분량을 할애할 정도로 상세히 기록되어 있다.

그러다보니 엘리자베스 여왕이나 탁터의 시선이 끌릴 수밖에 없었다.

"우연일 수도 있지 않겠습니까?"

닥터가 애써 부정했지만.

"금화를 가진 것을 보면 아닐 수도 있지요."

여왕은 설레는 표정이다.

"루이라고 했지요?"

엘리자베스 여왕이 이름을 기억하려는 듯 다시 한번 되물었다.

"그 아이를 은밀하게 지켜보세요."

"폐하의 명을 받듭니다."

닥터의 답을 들은 엘리자베스가 조용히 눈을 감았고, 그런 여왕을 향해 예를 올린 닥터가 집무실에서 사라졌다.

＊　　＊　　＊

워커밀 철광산.

가지고 온 저쪽 세상의 물건을 상업부에 전해준 다음, 안드리스 산맥에서 몬스터를 토벌 중인 영지군을 찾았다.

수천 명이 동시에 상주할 정도로 넓은 터를 3미터 높이의 토성으로 두른 다음, 외벽을 석재로 마무리했다.

게다가 석재가 맞물린 틈을 시멘트로 메워서 말 그대로 철옹성과 다르지 않았다.

짧은 시간에 이 정도로 단단한 주둔지를 완성하다니 실로 놀라웠다.

"고생이 많았겠습니다."

"소영주님께서 흡족해하시니 고생한 보람이 있습니다. 하하!"

"하하하! 알겠습니다. 부대에 특별금을 내리겠습니다."

"감사합니다, 소영주님."

영지군이 이곳에 주둔지를 건설한 이유는 되찾은 철광산을 안전하게 지키려는 의도다.

게다가 마몬의 시기가 도래하기 전에 주변의 몬스터 숫자를 줄이려는 목적도 있었다.

"저건 레드켓 가죽이 아닙니까? 오! 샤벨타이거 가죽도 있군요."

그동안 영지군은 수십번도 넘게 전투를 치렀다.

그 증거가 주둔지 창고에 산더미처럼 쌓인 가죽이었다.

희귀한 레드켓 가죽은 물론이고, 강력한 몬스터인 샤벨타이거의 가죽도 포함됐다.

"경이 특별금을 마다하지 않은 이유가 이거였군요."

"송구합니다. 좀 더 안쪽을 둘러보시지요. 아주 마음에 드실 겁니다."

말리가 웃으며 답했다.

"그럴까요? 이번엔 어떤 게 나올지 기대되는군요."

빈말이 아니었다.

레드켓이나 샤벨타이거 가죽보다 안쪽에 보관했다면 더욱 희귀한 몬스터를 잡았다는 뜻이다.

잔뜩 기대하며 걸음을 옮겼다.

"와! 저건 트롤과 오우거 가죽이 아닙니까?"

"저쪽을 보시지요."

"헛! 저건?"

정말이지 깜짝 놀랐다.

말리 경이 가리킨 것은 포션의 주재료인 트롤의 피로 공급이 부족해 매우 값비싸게 거래된다.

더구나 트롤과 오우거는 상급 몬스터로 최소한 마나를

자유자재로 다루는 기사가 셋은 필요하다.

물론 마나를 자유자재로 다룰 정도라면 중급의 단계에 이른 자다.

더욱이 이곳엔 기사라고 해봐야 겨우 다섯, 그것도 중급에 이른 자는 말리 경밖에 없다.

저 정도로 많은 상급 몬스터를 사냥하기에는 말이 안 된다.

"도대체 어찌된 일입니까?"

말리를 바라보는 루이가 궁금해 미치겠다는 표정이다.

"저곳은 오우거, 이곳은 트롤 영역입니다."

말리 경이 가리킨 곳엔 제법 많은 오우거와 트롤이 서로의 영역을 구축한 채 살아가고 있었다.

"직접 보시겠습니까?"

말로 듣는 것보다 직접 볼 것을 제안했다.

저쪽 세상의 무기로 벌이는 전투 장면은 미디어로만 접했다.

실제의 전투 장면을 목격할 수 있는 좋은 기회였다.

더구나 새롭게 무장한 영지군의 무력을 확인하고 싶었기에 흔쾌히 동의했다.

"머지않아 철광산 주변의 몬스터는 씨가 마를 겁니다. 기대하셔도 좋습니다."

"그렇게만 된다면 더 없이 좋겠습니다."

"솔직히 마몬의 시기만 아니라면 안드리스 산맥에서

살아가는 몬스터를 모두 퇴치할 자신이 있습니다."

"그 정도입니까?"

"예. 직접 보시면 소장이 드리는 말씀이 이해되실 겁니다."

말리 경의 말에 고개를 끄덕이며 영지군을 따라 오우거 영역에 들어섰다.

상위 몬스터의 영역이라 그런지 깊은 숲속임에도 조용했다.

그렇게 제법 이동하자 마침내 오우거와 조우했는지 선두에 선 병사가 손을 들었고, 동시에 영지군이 일제히 이동을 멈췄다.

"전방에 오우거 무립니다."

척후병이 다가와 조용히 보고했다.

"몇 놈이야?"

"확인된 숫자만 둘입니다. 최소한 셋으로 보입니다."

아마도 가족 단위로 살아가는 무리일 터.

보고를 받은 말리가 지시를 내리자 기사들이 부대를 이끌고 네 방향으로 흩어진다. 오우거가 도망가지 못하도록 포위해 섬멸하려는 의도였다. 영지군이 은밀하게 오우거 무리를 포위하자 말리 경이 손을 들었다.

펼쳐진 손가락이 모두 접혀지자 영지군이 지체 없이 사격을 가하며 오우거와의 전투가 시작됐다.

루이는 유심히 영지군의 전투를 지켜봤다.

방패를 앞세운 기사가 전면에 나서 오우거를 잡아두고, 뒤에서 영지군이 공격을 가하는 방식이었다.

오우거 역시도 병사들이 가하는 공격보다 마나를 감싼 기사의 검에 촉각을 곤두세웠다.

소총이 강력한 무기임에는 틀림없다.

하지만 상급 몬스터인 오우거가 단번에 큰 타격을 받지 않았기에 기사가 전면에 나서 전투를 이끌게 된 것이다.

다만 계속해서 이어지는 공격에 기사를 상대하는 오우거의 행동이 무뎌지는 게 훤히 보였다.

역시나 오래지 않아 심장에 검이 박힌 채 육중한 몸뚱이가 쓰러진다. 중급에도 이르지 못한 기사와 소총을 든 병사들이 오우거를 잡아냈다. 결론이 나왔다.

이 세상과 저쪽 세상의 다른 점은 마나의 활용도다.

이곳에서 살아가는 모든 생명체는 대기 중에 포함된 마나를 받아들인다.

인간을 예로 들면, 마법을 사용하는 자들은 심장을 저장 공간으로 활용하고, 기사들은 피부를 활용한다.

몬스터 또한 다르지 않다.

인간처럼 체계적인 호흡법을 가지지는 못했지만, 본능에 따라 마나를 받아들이고, 본능에 따라 활용한다.

인간은 각기 다른 마나의 성질을 이용해 불이나 물, 번개와 바람, 뇌전 등을 만들어내지만 몬스터는 한 가지 속성밖에 지니지 못한다.

아마도 낮은 지능으로 인해 마나의 속성을 제대로 이해하지 못하기 때문일 터였다. 그래서인지 몬스터는 마석이라 부르는 아주 특이한 것을 지닌다.

마석은 몬스터의 심장에 존재하는데, 말 그대로 마나가 뭉쳐 단단하게 굳어서 돌처럼 변한 것이다.

몬스터가 사용하는 마나의 근원으로, 상위 몬스터일수록 더욱 큰 마석을 품고, 크기가 클수록 더 많은 마나를 보유한다. 물론 상위 몬스터가 지닌 마석은 아주 비싼 가격에 거래되고 있었다.

또한 마나고갈에 따른 응급상황에 대비하고자 인간 마법사들이 비상용으로 들고 다니기도 했다.

즉, 몬스터는 얼마나 많은 마나를 보유하고 어떻게 사용하느냐에 따라 그 격이 달라졌다.

일례로 레드켓은 작은 덩치에도 불구하고 상위 몬스터로 분류되는데, 마나를 활용하는 능력이 뛰어나 강력한 전투력을 보여주기 때문이다.

오우거도 마찬가지다.

마나가 녹아든 튼튼한 방어력을 가진 가죽 덕분에 소총에 피격되고도 치명상을 입지 않았다.

그러나 끊임없이 공격하는 소총으로 인해 마나의 사용량이 급격히 늘어났다.

평소보다 훨씬 이른 시간에 마나가 바닥을 드러내면서 단단한 가죽의 방어력이 약화된 것이다.

그런 이유로 마나의 응집력이 한참이나 떨어지는 중급에도 이르지 못한 기사의 검에 심장이 뚫렸다.

"대단하지 않습니까?"

말리가 뿌듯한 표정을 지었다.

그렇다. 굳이 오우거 하나를 잡기 위해 여러 명의 기사와 다수의 병사를 동원할 필요가 없다는 게 드러난 전투였다. 저쪽 세상의 군사조직처럼, 기사가 이끄는 일개 분대 규모로도 얼마든지 상급 몬스터의 사냥이 가능하다.

"다치는 병사 없이 오우거를 사냥하다니 놀랍네요."

"바로 보셨습니다. 하오면 병사들을 더 늘려 몬스터 웨이브에 대응하는 건 어떻겠습니까?"

말리의 자신감이 과했다.

지금처럼 개별적인 전투라면 몬스터 소탕이 가능하지만, 수천의 몬스터가 몰려온다면 얘기가 다르다.

더구나 오랫동안 규율을 맞추어 온 정규군조차도 불안한데 급조된 영지군이라면 단번에 전열이 무너질 확률이 높다. 그렇게 된다면 영지군을 잃는 것은 물론이고 영주 성을 비롯해 주변의 성들까지 모두 내어주게 된다.

성으로 피신한 영지민의 목숨까지 포함해서 말이다.

"아직은 무립니다. 추가로 무기를 도입할 시간적인 여유도 부족하니, 아쉽더라도 이번엔 수성으로 갑시다."

"…알겠습니다."

다소 아쉬운 표정을 지어보이는 말리였지만, 영지민의 목숨을 담보로 무리할 필요가 없다는 의견에는 수긍했다.

"내 경의 뜻대로 몬스터 웨이브가 끝나면 영지군의 규모를 대폭 늘리겠습니다. 그때 마음껏 안드리스 산맥을 누벼보세요."

"예, 소영주님. 소장에게 맡겨주신다면 주변에 살아가는 몬스터를 일소해 보이겠습니다."

흥성에 따라 무작정 인간의 거주지로 내달린 몬스터는 큰 피해를 입히지만, 대부분 죽어나간다.

즉, 마몬의 시기가 끝날 때가 주변의 몬스터를 소탕할 수 있는 가장 적당한 기회.

차분히 준비해 나간다면 결코 불가능한 일도 아니다.

오우거와의 전투를 통해 영지군의 전투력은 확인했으니 이곳에 온 두 번째 일을 해야 할 때다. 영지를 발전시키는데 가장 핵심이 되는 자원은 시멘트다.

만드는 기술자체도 그렇게 어렵지 않아 석회석만 찾는다면 영지에서도 생산이 가능하다. 물론 설비를 갖춘 대량생산이 아니라 인력을 이용한 소량생산이 목표였다.

대규모 공사를 벌이지 않는 한, 그것만으로도 영지에서 필요로 하는 물량은 조달이 가능할 것이다.

"시멘트를 사용해 보니 어떻든가요?"

"틈새를 시멘트로 메우니 방벽을 만들기도 쉽고, 시간

도 절약 됩니다. 방벽도 훨씬 튼튼해 졌습니다."

이미 시멘트가 가진 효용성을 체감한 말리였다.

"그래서 시멘트를 직접 생산하려 합니다."

"소장도 그리 생각해 일전에 지시하신 석회석을 찾고 있습니다."

원하던 답은 아니다.

아쉽게도 아직까지 석회석을 찾지 못했다.

"광부들을 동원하는 건 어떻겠습니까?"

"안 그래도 광산에서 일했던 병사들에게 시멘트 원료를 나눠 주었습니다. 머지않아 석회석을 발견할 겁니다."

당연하게도 말리는 몬스터 토벌을 우선순위에 두었다. 그랬기에 병사들이 마음 놓고 찾아다니지 못했을 터였다. 적당한 당근책이 필요했다.

"시멘트를 발견한다면 별도의 포상이 있다는 것을 알리세요."

견물생심이다.

금전적인 보상이 걸린 일이라면 아무래도 더욱 관심을 가지고 주변을 살펴보게 될 것이다. 이곳을 방문한 세 번째 이유는 철광산을 활성화 시키는 것이다.

주둔지에서 3일을 보내며 철광산 구석구석을 둘러보니 오랫동안 방치되어 곳곳이 무너지고, 버팀목 또한 삭은 곳이 많았다.

상업부가 나서 기존의 광부들을 투입해 갱도를 보수하고는 있지만, 정상화까지는 많은 시간이 필요해 보였다.

　광산을 둘러본 후, 영주성으로 향했다.

　돌아오는 길에 하루빨리 철광산을 활성화시킬 방안을 모색했지만 역시나 특별히 떠오르는 방안은 없다.

　'뭐, 이것도 김 부장에게 맡기는 게 좋겠네…….'

　이런 일은 김 부장이 훨씬 뛰어나다는 걸 모르지 않았다.

그들만의 음모

탈리아 영지 세인트 후작가.

타나리스와 혈연으로 맺어진 가문으로, 대륙에서 열 손가락 안에 들 정도로 드넓은 '오아주'라 부르는 곡창지대를 소유해 막대한 곡물을 생산했다.

후작가에서 흉작이 발생하면 대륙의 곡물 값이 폭등할 정도로 서민들의 삶에 끼치는 영향력 또한 지대했다.

마몬의 시기가 다가오자 대륙이 들썩였고, 후작가 또한 차근히 영지군을 정비하면서 몬스터 준동에 대비했다.

다만 수년간 이어진 곡물전쟁의 여파로 영지의 재정이 좋지 않았다.

또한 주기적으로 해오던 몬스터조차 토벌하지 않았기에 마몬의 시기가 시작되면 대규모 몬스터가 몰려올 수 있었다.

게다가 공작가에 군사까지 지원해야 한다.

"병력을 더욱 충원해도 모자를 판에 지원이라니요. 당치도 않습니다."

"알아요, 압니다. 허나, 그곳엔 큰 아가씨께서 계십니다."

공작가에 대한 지원여부를 두고 의견이 분분했지만, 결국 합의점을 찾았다. 타나리스 또한 몬스터 준동에 대비해 징집령을 내리면서 영지군의 규모를 늘릴 것이다.

다만 어려운 재정으로 인해 제대로 된 무기가 부족할 것이기에 영지군이 사용할 병장기를 지원하자는 대안이 제시됐다.

"허면 무기를 지원하는 것으로 결정하겠습니다."

"그리합시다."

그렇게 무기를 지원하는 것으로 결론이 날 때쯤 뜻밖의 의견이 제시됐다.

"그전에 공작가의 사정을 파악할 필요가 있습니다."

"그게 무슨 말인가?"

"제가 듣기론 공작가의 사정이 그리 나쁘지 않습니다."

조용히 가신들의 의견을 듣고 있던 세인트 후작이 되물

었다.

"사실이더냐?"

"예, 주군. 소영주께서 상업 활동을 통해 많은 돈을 벌어들인다고 합니다. 게다가 가신 가문과 맺은 군신 관계를 철회하는 대가로 큰 보상을 받았다는 후문입니다."

"저 또한 상단을 통해 그렇게 들었습니다."

물론 후작도 그런 소문을 듣기는 했다.

하지만 군신 관계를 철회하는 건 스스로 가신 가문에 목숨 줄을 맡기는 것과 다르지 않다.

사정을 모르는 자들이 만든 헛소문으로 일축했다.

헌데 이제는 공개 석상에서 소문의 진의가 거론됐다.

가신들도 공작가의 속사정을 모르진 않을 터, 그런데도 거론했다면 알아볼 필요가 있었다.

"라울."

"예, 주군."

"네가 소영주를 만나보고 와."

"그리하겠습니다."

라울에게 명을 내린 후작의 시선이 가신들에게 향했다.

"그리고 다들 지적하지 않은 부분이 있어."

"무슨 말씀이신지……."

"마몬의 시기가 끝난다면 큰 피해를 입은 곳이 생기지 않겠나?"

그랬다. 마왕의 눈은 몬스터 웨이브만 일으키는 게 아니라 오히려 더 큰 피바람을 불러온다.

후작가 또한 30년 전 하만 백작이 다스리던 오울루(Oulu)와 바사(Vaasa)를 얻었다.

당시 사사건건 대립해오던 하만 백작은 안드리스 산맥에서 몰려온 몬스터로 인해 큰 피해를 받았고, 그때를 이용해 비교적 온전한 전력을 유지했던 후작이 영지전을 일으켜 하만 백작령을 합병해 버린 것이다.

세인트 후작이 지적한 것은 이 부분이었다.

"이번에도 다르지 않을 게야."

후작은 틀림없이 대륙에 피바람이 일어날 것으로 판단했다. 더구나 공작가가 군신 관계를 철회했다면, 가신 가문이 움직일 확률이 높았다.

아니, 틀림없이 움직일 것이다.

"하오면 저희도 전쟁에 대비해야겠습니다."

"그래야겠지."

후작의 말에 모두가 침묵했다. 지금은 가신 가문과 벌인 곡물전쟁으로 재정이 악화된 상황이다. 때가 좋지 않았다.

"주군의 말씀대로라면 그들은 틀림없이 공작가를 공격할 겁니다. 지원군을 보내야 하지 않겠습니까?"

"그럴 필요는 없네."

가신 가문이 개국하려 한다는 것은 이미 알려진 사실이

다. 공작가와 군신 관계가 끝났더라도 황제의 인장을 받기엔 이른 시간.

후작은 타나리스를 공격할 시기가 아니라고 판단했다.

그렇다면 저들의 다음 목표는 어디일까?

답은 명백하다.

바로 공작가의 비호세력인 세인트 가문일 터였다.

후작의 시선이 얀센 백작에게 향했다.

"자네가 저들의 동태를 감시하게."

"예, 주군."

마몬의 달이 다가오자 대륙이 급박하게 돌아가기 시작했다.

특히나 안드리스 산맥과 접한 영지는 몬스터 무리를 포함해 하이에나와 같은 가공할 세력까지 견제해야 했다.

＊　＊　＊

타나리스 공작가.

철광산을 방문하고 돌아오자 세인트 가문에서 손님이 도착했음을 알려왔다. 루이는 곧바로 어머니를 찾았다.

"다녀왔습니다, 어머니."

"원행에 고생 많았지?"

루이가 들어서자 라울이 예를 차렸다.

"소영주님을 뵙습니다."

"오랜만이네요. 후작님은 잘 계시지요?"

"예. 안부를 전하셨습니다."

시녀가 내온 차를 마시며 영지에 관한 소소한 이야기를 주고받았다.

"곡물가격은 안정됐습니까?"

"예. 큰 손해를 입긴 했지만 지금은 제자리를 찾았습니다."

"다행입니다. 그런 사정을 모르고 염치없는 부탁을 했습니다."

"송구합니다. 당시엔 정말로 어려웠습니다. 주군께서도 항상 그 일을 마음에 두고 계십니다."

"이미 지나간 일일뿐더러 마음에 두실 일도 아닙니다. 헌데, 몬스터 범람 때문에 오신 겁니까?"

"예. 주군께서 소영주님의 말씀을 듣고 오라는 명을 내리셨습니다."

세인트 후작은 마몬의 시기를 보내기엔 타나리스가 가진 군사력이 충분치 않다는 것을 모르지 않았다.

게다가 소문으로 떠도는 가신 가문과의 일을 알고 싶기도 했을 것이다.

아니, 어쩌면 이미 파악한 내용을 거듭 확인하고자 라울 경을 보냈을 지도 모른다.

"어머니께 들으셨지요?"

"예. 대략적인 말씀은 들었습니다."

"어머니께서 말씀하셨다시피 재정여건이 나아졌습니다. 해서 스스로 이겨내겠습니다."

"루이야?"

"예??"

지원이 필요치 않다는 말에 어머니가 깜짝 놀라며 반문했다.

라울 경 또한 마찬가지다.

아마도 어머니께서는 조금이라도 지원을 받고자 라울 경과 이야기를 끝낸 것 같았다.

"정말로 지원을 받지 않아도 되겠습니까?"

라울이 거듭 확인했다.

"그렇습니다. 많지 않은 병력이지만 영지군을 새롭게 편성한 만큼 충분히 막아낼 수 있을 겁니다."

확고한 답변에 라울이 고개를 끄덕였다.

"알겠습니다. 소영주님께서 판단하신대로 주군께 전해드리겠습니다."

여전히 어머니께서는 불안하신 모양이다.

"네 의견이 그렇다면 따르겠다만… 그래도 걱정이 되는구나."

"어머니께서 심려하시지 않도록 하겠습니다."

사정이 어렵다고 매번 세인트 가문에 도움을 받는다면 공작가의 미래가 불투명해진다.

호의는 고맙지만 이제는 선을 그어야 할 때다.

지원 문제에 관한 조율이 끝나자 라울은 가신 가문과의 일에 대해 물어왔다.

이미 공작가에서 군신관계를 철회했다는 소문이 널리 퍼진 상황이니 숨길 것도 없었다. 다만, 향후 대처에 관한 것이 궁금한 모양이었다.

물론, 세인트 후작의 심중이다.

차원홀에 관한 비밀을 지키는 선에서 앞으로의 계획에 관해 충분히 납득이 가도록 설명했다.

공작가의 의도가 제대로 전달됐는지 떠나가는 라울의 표정은 한결 편안해져 있었다.

*　　*　　*

부르크 영지.

타나리스 남부에 위치하며 남해와 접해 해상교역이 발달한 곳이다. 대표 항구로 나바론항이 있었다.

나바론항은 깊은 수심과 넓은 만을 가진 지형 덕분에 오래전부터 교역항으로 집중 육성된 곳이다.

작금엔 수많은 상선이 드나들며 교역의 메카로 자리 잡았다.

영주 집무실.

마몬의 시기가 다가오면서 대륙이 들썩이듯, 가신 가문들 또한 다르지 않았다. 이미 공작가에서 얻을 건 다 얼은 만큼 다음의 행보를 이어가야 했지만, 아직 황제로부터 인장을 받지 못했다.

마몬의 시기라는 아주 좋은 기회를 그냥 보내야 한다는 뜻.

"좋은 기회인데 아쉽습니다."

"하하! 어차피 손안에 들어온 것과 다르지 않습니다. 느긋하게 기다립시다."

"옳은 말씀이십니다. 허나, 황금 같은 기회를 그냥 지나칠 순 없지 않겠습니까?"

"좋은 방안이 있다는 겁니까?"

"당연하지요. 이번엔 아주 혼을 빼놓도록 합시다."

가신 가문이 모인 첫 번째 이유였다.

"그보다 공작가의 사정이 많이 나아졌다고 합니다. 알고들 계셨습니까?"

"매년 갚아야 할 채무가 없어졌으니 당연하지 않겠습니까?"

"그도 그렇지만 여러 상단이 타나리스를 찾는 건 좋은 일이 아닙니다."

가신 가문이 모인 두 번째 이유다.

'공작가에서 온갖 진귀한 물건을 내보이며 대륙의 상단을 불러들여 막대한 부를 쌓고 있다.'

항간에 떠돌던 소문이었다.

하지만 공작가의 사정을 뻔히 아는 그들이었기에 처음

엔 믿지 않았다.

그러나 계속해서 수많은 상단이 드나들었고, 그중엔 대륙을 대표하는 거상들도 포함됐다.

그제야 사태의 심각성을 깨달았다.

지금과 같은 상황이 지속된다면 영지의 재정에 여유가 생길 터, 재정이 허락된다면 공작가는 가장 먼저 영지군을 늘릴 것이다.

그냥 두고 볼만한 상황이 아니었다. 하지만 별다른 대안이 없었다. 그렇다고 타나리스로 향하는 상단을 가로막을 순 없다. 그랬다가는 상단연합에서 가만있지 않을 터, 잘못하면 대륙의 공적으로 몰릴 수 있었다.

"과하지 않은 선에서 통행세를 거두는 건 어떻습니까?"

"그 또한 상단 연합회에서 반발할 겁니다."

불가한 안건이었다. 결국 은밀하게 공작가를 수렁에 빠뜨리는 방안 말고는 없었다.

그래서 궁리 끝에 도출한 방안이 몬스터를 이용하자는 것.

때마침 마몬의 시기가 도래한 만큼 몬스터를 잘만 활용한다면 치명적인 피해를 줄 수 있다. 운이 좋다면 몬스터로 인해 공작가 자체가 사라질 수도 있고.

물론 그 정도는 아닐지라도 공작가의 대응이 실패한다면 몬스터 퇴치를 명분으로 군사를 진군시킬 수 있었다.

그렇게만 되더라도 힘들이지 않고 공작령을 손에 쥘 수 있게 되는 것이다.

"기가 막힌 방안입니다."

"그렇소이다. 단기간에 정규군을 늘릴 순 없으니 대규모 몬스터가 몰려간다면 막아내지 못할 겁니다."

물론 공작가도 징집령을 내려 영지군의 규모를 늘릴 테지만, 사실상 징집병은 정규군의 보조일 뿐 큰 도움이 되지 않는다. 이들도 그렇게 판단했다. 공작가에 대한 안건이 마무리되자 다음으로 제기된 문제가 세인트 가문이었다. 세인트 가문에서 공작가에 군사를 지원한다면 큰 피해는 입을지라도 몬스터 웨이브는 막아낼 수 있다.

만약 그렇게 된다면 모든 계획이 수포로 돌아가기에 군사를 지원하는 것만큼은 무조건 막아야 했다.

"세인트 가문이 움직이지 못하도록 하려면 그 길 밖에 없겠지요?"

"그럴 겁니다. 최악의 경우가 발생하지 않도록 유의하면서 긴장감을 조성해야 합니다."

모두의 시선이 이니에르 백작에게 향했다. 백작이 다스리는 클레브 영지가 탈리아 영지와 접했기 때문이다.

"허면 세인트 가문은 백작님께 맡기겠습니다."

"알겠소이다. 내 후작이 다른 생각조차 할 수 없도록 만들어 드리리다."

다섯 가문은 세인트 가문과 접한 클레브 영지에 각기 2

천의 군사를 파병해 긴장감을 유도하기로 했다.

그리고 1천의 군사를 토렌과 투르넨 영지로 보내 몬스터 몰이에 투입했다. 클레브 영지에서 훈련이라는 핑계로 1만에 달하는 대군을 이동시킨다면 세인트 가문도 바짝 긴장할 수밖에 없다.

쉽사리 군사를 움직이지 못한다는 뜻.

몬스터를 이용해 공작가를 해하려는 다섯 가문의 은밀한 움직임이 다시금 시작됐다.

마몬의 시기가 더욱 가까이 다가왔다.

두 번째로 얻은 인재

시행자(developer)란 어떤 일을 계획하고 완성까지의 일련의 과정 전체를 지휘 감독하는 자다. 일반적으로 알려진 부동산 개발사업의 실질적인 운영자로 그가 법인격을 갖추면 시행사(施行社)가 된다.

* * *

타나리스 유통.

서로 다른 세상이지만 차원홀과 이동 마법진이 존재하기에 양쪽 세상의 업무를 동시에 볼 수 있다.

가령 영지에서 오전 업무를 본 후, 차원홀을 넘으면 이쪽 세상은 막 출근시간이 지나는 정도였다. 약간의 시간 괴리가 발생하기에 더욱 여유롭다.

다만 차원홀은 양쪽 세상의 경계를 비틀 정도로 강력한 기운을 품고 있기에 매일 넘나드는 것은 정신적으로나 육체적으로 큰 무리가 따랐다. 여차하면 영혼이 분리되어 차원의 미아가 될 수도 있었다.

마몬의 달이 시작되기 전에 새로이 인수하기로 한 한림산업에 관한 건을 처리해야 했기에, 이른 아침 타나리스 유통으로 출근했다.

회사에 도착하니 이미 직원들이 업무 중이다.

"반갑습니다. 대표님."

직원들의 인사를 받으며 대표실로 향하자 김 부장이 맞이했다.

"나오셨습니까."

인사를 건넨 후 곧바로 서류를 챙기는 걸 보니, 보고할 준비가 끝난 것 같아 대표실로 불렀다.

"한림산업에 관한 건인가요?"

"예, 대표님."

한림산업에 대한 실사를 마치고 채권 은행과 벌인 협상은 원만한 결과를 얻어냈다.

물론 토지를 담보로 사용한 기존의 대출금을 일괄 변제한 후, 새로이 대출을 일으키는 방식을 사용했다.

사실 이해가 가지 않았다. 한림산업에서도 토지를 담보로 대출을 받았지만 공사대금으로는 턱없이 부족했다.

그래서 미래에 완성될 아파트를 사전에 분양하는 방식으로 필요한 공사대금을 충당하고자 했다.

결론은 저조한 분양으로 인해 공사대금을 충당하지 못하면서 현장이 멈춘 것이다.

그런데 이번엔 은행에서 공사대금 전액을 대출했다.

물론 공사의 진척도에 따라서 공사대금을 지급한다.

은행에서 직접 지급하는 방식이지만, 하청업체가 공사대금을 지급받기 위해서는 당연하게도 건축주의 승인이 필요하다.

"한림산업에서 사용한 방식과 같아 보이는데 어떻게 공사비 전액이 대출되지요?"

"기존의 대출방식과 같아 보이지만 실제로는 다릅니다."

김 부장이 설명한 건 프로젝트 파이낸스(Project finance, PF.)라는 금융기법이었다.

물론 김 부장 본인도 전문분야가 아니기에 상세한 설명은 못했다.

대신 박 회장이라는 분이 대출에 관한 제반 업무를 도와주어 어렵지 않게 공사대금을 확보할 수 있었다는 보고였다.

"박 회장이라는 분에게 감사의 인사라도 드려야겠네

요.”

“제가 성심껏 대접했으니 별도의 대가는 필요 없습니다. 다만 말씀하신대로 대표님께서 직접 감사의 인사 정도는 해두는 게 좋을 듯합니다.”

이미 한림산업을 인수한 만큼 향후 건설과 관련된 사업을 해나갈 수밖에 없다.

김 부장은 앞으로의 일을 대비해 안면을 터놓는 게 좋다는 뜻이었다.

“허면 그분도 건설과 관련된 일을 하겠군요.”

“예. 시행사를 하셨던 분입니다.”

“시행사요?”

“아… 죄송합니다.”

김 부장이 시행사에 관해 설명했다. 간단하게 요약하면 어떤 일을 책임을 지고 맡아 관리하는 회사란 소리였다.

김 부장의 설명에 귀를 기울일 수밖에 없는 건 시행이라는 것과 시행사가 벌이는 일의 규모 때문이다.

상상을 초월하는 사업의 규모를 듣고는 솔직히 심장이 벌렁거렸다.

정말이지 사내가 할 만한 사업이다.

“시행사라는 게 정말이지 대단한 기업이군요.”

“예. 근래에 IT를 기반으로 갑작스럽게 성장한 벤처산업을 제외하면 이 세상을 대표하는 거대기업군 중 90퍼센트 이상이 시행사를 모회사로 두고 있습니다. 가까운 일본의 대기업도 그렇고, 중국이나 미국도 마찬가집니다."

김 부장은 마치 시행의 예찬론자라도 된 듯 했다.

"박 회장이라는 분을 꼭 뵙고 싶은데 자리를 만들 수 있겠습니까?"

"물론입니다. 다만 두어 달 동안 유럽에 나가 계신다고 들었습니다."

"곧 있으면 마몬의 달이 시작되어 영지를 비우기가 힘듭니다. 두달 이후라면 오히려 잘됐습니다."

마몬의 달이 시작된다는 말에 김 부장이 다소 긴장한 표정을 지었다.

당연했다. 타나리스 유통이 존재하는 이유가 영지와 연결되어 있다.

"방비는 어떠십니까?"

"이미 화약 무기로 무장한 영지군 입니다. 게다가 주변의 몬스터를 소탕해온 만큼 수성을 목적으로 한다면 무난히 막아낼 수 있을 겁니다."

"큰 효과를 본겁니까?"

"상위 몬스터를 상대하기엔 다소 미흡하지만 대체로 만족할 정돕니다. 다만 기관총과 박격포가 어떤 위력을 발휘할지는 아직 미지수입니다."

"소총보다는 훨씬 위력적입니다. 특히나 몬스터가 무리지어 몰려온다면 분명히 큰 효과를 보실 겁니다."

"나 또한 그럴 것으로 기대는 합니다만……."

"틀림없을 겁니다. 그러면 두달 정도는 회사를 비우시는 겁니까?"

계획이 수성전이기 때문에 몬스터를 막아내더라도 성 밖에 소재한 영지민의 터전이 파괴되는 건 어쩔 수 없다.

어려운 시기에 영지의 지도자가 자리를 비운다는 건 말이 되지 않는다.

"아마도 그럴 것 같습니다."

"허면 이참에 한림산업 건은 마무리하시지요."

"안 그래도 그럴 생각입니다. 한림산업 대표와 약속을 잡아주세요."

* * *

이틀 후, 한림산업 전 대표와 자리를 마주했다.

이제 육십 줄이라 들었는데 마치 칠순의 노인처럼 머리카락이 하얗다.

"저희 대표님이십니다."

"처음 뵙겠습니다. 이진성입니다."

"김루이입니다. 이렇게 오시게 해 죄송합니다."

"아닙니다. 당연히 제가 와야 할 자립니다."

이진성은 평생을 건설업에 종사했다.

수차례 찾아온 위기를 넘기며 나름 탄탄한 기반을 갖추

었지만, 한순간의 욕심이 화를 불렀다.

"건설업이 규모가 큰 사업이라 큰돈을 벌 수 있지만, 반대로 위험요소도 큰 것 같습니다."

"아닙니다. 밖에서 보기엔 큰돈을 버는 것처럼 보이지만 실상은 속빈 강정일 뿐이지요."

이 나라는 정권이 바뀔 때마다 십만 세대를 짓겠다, 이십만 세대를 공급해 집값을 안정시키겠다며 여러 정책을 남발했다. 그럴 때마다 건설 경기는 호황을 맞고, 건설사는 경기에 편승해 많은 돈을 벌어들였다고 알려졌었다.

하지만 듣던 것과는 달랐다.

"틀린 말은 아닙니다. 다만, 그건 원청에 국한된 얘깁니다."

"음… 이해가 안 되는군요."

이진성이 웃으며 말했다.

"하청업체의 청구가 들어오면 원청은 갖은 명목을 들어 결제대금을 깎습니다. 1차로 담당자, 2차로 팀장이 요구합니다."

"애초에 계약을 맺지 않나요?"

"물론 계약을 맺고 공사를 시작합니다. 하지만 을의 입장이다 보니 항상 피해를 볼 수밖에 없습니다. 요구를 거절하면 당장 일거리가 줄어드니까요."

게다가 결제 또한 현금이 아닌 어음으로 받는다고 한

다. 자금이 넉넉하지 않다면 어음을 할인해 현금을 마련할 수밖에 없다. 결국 기대했던 수익은 사라지고 겨우 회사를 운영할 정도의 이익만 남는다. 원청의 방식이다.

허나 시행사 입장에서 보면 원청 또한 하청업체다.

시행사로부터 공사대금에 대한 압박을 받다보니 만만한 하청업체를 들볶는 것이다.

악순환의 고리였다.

"솔직히 남부럽지 않게 않고 살고 싶었습니다. 그래서 공사비 대신 위치가 좋은 토지를 부탁했습니다."

"원청에서 받아들이던가요?"

"쉽진 않았지만 오랜 협력 업체였고, 원청도 시행사로부터 대물로 받은 사업부지가 있었기에 가능했습니다."

마침내 기회를 잡았다는 생각에 망설임 없이 아파트를 건축했지만 건축주, 즉, 시행이라는 것은 수십 년을 건설업에 종사하면서 보고 들었던 것과는 너무나 달랐다.

돈을 벌고 싶은 욕망에 전혀 다른 세계, 양육강식이 지배하는 그 어떤 곳보다 무서운 세상에 발을 디딘 것이다.

"송충이는 솔잎을 먹고 살아야 한다는 옛말이 하나도 틀리지 않았습니다. 망하고 나서야 깨닫게 되더군요."

한숨을 내뱉으며 스스로 미쳤던 것 같다고 말했지만, 이미 마음을 비웠는지 표정만큼은 평온해 보였다.

결론은 시행사업을 하기에는 준비가 미흡했던 것이다.

"다행히 알거지가 되기 전에 대표님께서 회사를 인수

해 주신 겁니다."

"아닙니다. 제가 한림산업을 인수한건 그만한 가치가 있었기 때문입니다."

"이유야 어찌됐던 대표님의 결정으로 한림산업을 비롯해 여러 하청업체를 살리셨습니다. 거듭 감사드립니다."

자리에서 일어난 이진성 대표가 깊이 허리를 숙이며 진심으로 감사를 표했다.

"이러시지 않아도 됩니다."

얼른 이진성 대표를 다시 앉혔다.

"그보다 앞으로 어찌하실 요량이십니까?"

"큰일을 겪고 나니 이제야 세상사가 어렴풋이 보이는 것 같습니다. 초심으로 돌아가 다시 한번 도전해볼 생각입니다."

이 대표의 나이는 이순(耳順), 귀가 순해져 모든 말을 객관적으로 듣고 이해할 수 있는 나이다.

뼈아픈 실패를 겪은 만큼 앞으로는 더더욱 깊이 고민하고 결정할 터, 두번의 좌절은 없을 것이다.

무엇보다 타나리스가 가장 필요로 하는 기술인 수력발전소 건실에 관한 수십년의 노하우를 가진 자다.

"저와 함께해보지 않겠습니까?"

"예에?"

뜻밖의 제의에 다소 당황한 표정이다.

"앞서 말했듯 제가 한림산업을 인수한 이유는 오랜 시공기술과 노하우를 높이 샀기 때문입니다. 계속 한림산업을 이끌어 주셨으면 합니다."

"대, 대표님……."

"이 대표께서 곧 한림산업이지 않습니까? 같이 하시지요."

이진성 대표를 끌어들이려는 건 그가 가진 오랜 경험과 기술 때문이다. 기실 한림산업의 기술자들을 이끌어왔던 존재이기도 했다.

"이미 실패한 몸입니다."

이 대표가 거절의사를 밝혔다. 사실 명목이 서지 않기 때문이다.

"실패도 값진 경험이지 않겠습니까?"

거듭 함께하기를 권하자 한동안 생각에 잠긴 이 대표였다. 이윽고 마음을 굳혔는지 이 대표가 일어나 허리를 숙였다.

"대표님께서 말씀하셨듯이 한림산업은 저의 인생이 담긴 곳입니다. 맡겨주신다면 실패를 거울삼아 더 높은 곳으로 나아가 보겠습니다."

자리에서 일어나 이 대표의 손을 잡았다.

굳은살이 빼곡한 손. 그의 인생을 엿볼 수 있었다.

이 세상에서 두 번째로 얻은 인재였다.

이후로 신축 중인 아파트 현장을 빠르게 정상화시킬 방

안에 대해 심도 있는 토의를 이어나갔다.

이 대표가 가장 우려한 것은 역시나 공사를 끝낼 때까지 필요한 자금이었다.

하지만 은행 측으로부터 준공 시까지 필요한 공사대금 전액을 대출받았다는 말에 한동안 멍한 표정을 지었다.

믿기지 않으면서도 뭔가 황당한 느낌이 든 것 같았다.

그러나 김 부장으로부터 박 회장이 금융권 업무를 도와주었다는 말을 듣고는 고개를 끄덕였다.

"아시는 분입니까?"

"물론입니다. 건설에 종사하는 자들이라면 한번쯤은 그분의 존함을 들었을 겁니다. 그분께서 도와주셨다면 가능한 일입니다."

새삼 박 회장에 대해 궁금증이 커진다.

"허면 김 부장과 협의해 서둘러 공사를 재개하도록 하세요."

"예, 대표님."

목표했던 건설사의 인수 작업은 이로써 마무리 됐다.

이 대표가 돌아가자 김 부장이 축하를 건네 왔다.

"감축 드립니다. 대표님."

"김 부장이 고생하셨습니다. 내 미몬의 시기기 지나가면 멋진 선물로 보답하겠습니다."

"헛! 감사합니다."

"더욱 열심히 하라는 뇌물입니다."

"하하! 알겠습니다. 저 또한 대표님께서 하루 빨리 회장님이 되시도록 최선을 다하겠습니다."

"이거 급 기대되는군요. 이왕이면 재벌 회장으로 합시다. 하하하하!"

한림산업 인수 건을 마무리한 후, 김 부장과 향후 회사가 나아갈 방향에 관한 주재로 의견을 주고받았다.

그때 헤론이 도착했다.

테론의 비법(1)

청바지에 하얀색의 면티를 착용한 풋풋한 차림새가 새 내기다웠다.

"어서 와라. 일찍 도착했네."

"주군께서 부르시는데 열일을 제쳐두고 달려와야지 요."

"짜식! 기본은 됐어. 그래 OT는 다녀왔어?"

"와! 주군께서 오리엔테이션을 어찌 아십니까?"

"이래 뵈도 현대를 살아가는 문명인이다. 도대체 주군 을 뭘로 보는 거야?"

"워낙에 담쌓고 지내시니 그렇죠. 겨우 핸드폰하나만

장만하시지 않았습니까?"

"얘가 뭘 모르네. 이거만 있으면 못할 게 없어."

곁에서 듣고 있던 김 부장이 한마디 거들었다.

"대표님 말씀이 맞습니다. 손안에 들어가는 작은 제품이지만 세상을 품고 있지요."

"들었냐?"

"제가 그걸 어찌 모르겠습니까? 저는 주군께서도 이 세상을 제대로 즐겨보시라는 뜻에서 말씀드린 겁니다."

"야! 돈만 많아봐라 내가 가만히 있겠냐?"

"나 참! 많이 버시고 계시잖습니까? 좀 쓰면서 사세요."

"벌긴 뭘 벌어? 아직 멀었다"

"실장님 말씀이 맞습니다. 제가 보기에도 대표님께서는 일에 너무 몰두하십니다."

"그 정도였습니까?"

김 부장이 미소로 답했다.

사실 영지에 관한 생각을 한시도 내려놓지 못했다.

다행히 이쪽 세상에서 길을 찾아 나아가고는 있지만, 당면한 문제가 한둘이 아니었다.

지금쯤 영지에서 쏟아내는 제품에 관해서도 대륙의 권력자들이 관심을 가지기 시작했을 테고, 가신 가문과의 문제도 남아 있다.

저들이 발톱을 세우기 전에 영지를 방비할 최소한의 힘

은 갖추어야 한다.

게다가 가깝게 다가온 몬스터 웨이브 또한 영지의 생존과 직결된 문제다.

머릿속이 복잡할 수밖에 없다.

"헌데 궁금한 게 있습니다."

잠시 동안 멍하게 있자 김 부장이 질문해 왔다.

"말씀하세요."

"마몬의 시기가 매년 있는 겁니까?"

"아닙니다. 30년을 주기로 반복됩니다."

"허면 마몬의 시기가 도래했을 때 입는 피해가 어느 정돕니까?"

"글쎄요. 기록에 의하면 몬스터가 지나간 곳은 남아도는 게 없을 정도입니다. 사실상 영지가 초토화 된다고 보시면 됩니다."

영지민은 대규모로 몰려오는 몬스터를 피해 주변성으로 피신하고, 성을 의지해 몬스터와 전투를 치른다.

어쩔 수 없이 삶의 터전을 버리는 것이다.

뿐만 아니다. 성에 의지해 몬스터와 싸우지만 대적할 수 없을 정도로 많은 몬스터가 몰려온다면, 성이 함락되기도 한다.

기록에도 대륙의 수많은 성이 함락되는 참사가 수없이 발생했다고 적혀 있었다.

사실상 하나뿐인 목숨 줄을 부지한 채 마몬의 시기를

보내는 것만 해도 영지민의 입장에서는 다행이었다.

지금의 이야기는 일전에 영지를 방문했을 때 김 부장이 들은 것과는 그 무게부터가 달랐다.

그저 마왕의 눈이 다가오면 마몬의 시기가 도래해 몬스터가 몰려온다고 들었다.

물론 대규모로 몰려오는 몬스터 무리와 전투를 치른다는 것도 안다.

그러나 성이 함락되는 참사가 발생할 정도로 위험하다는 말에 한동안 침묵이 흘렀다.

"삶의 터전이 파괴된다면 당장에 먹을거리도 부족하겠습니다. 그에 대한 준비도 해야겠습니다."

"안 그래도 대규모 식량을 구매하려고 했습니다."

"제가 준비하겠습니다. 그리고……."

김 부장이 잠시 머뭇거렸다.

"괜찮습니다. 편히 말씀하세요."

"죄송한 말씀이지만, 마몬의 시기를 이용한다면 영지를 체계적으로 개발할 수 있지 않겠습니까?"

김 부장은 파괴된 터전을 새로이 복구하는 것을 기회로 영지 정비사업을 벌이고자 했다.

도로와 하수관로를 비롯해 화장실 문화를 도입해 오물로 뒤범벅된 환경을 개선하려는 의도다.

그냥 정비사업을 벌인다면 기존의 건물을 헐어내고 영지민을 이주시켜야 한다.

물론 영주령을 이용해 강제력을 동원할 순 있다.

반면에 영지를 다스리는 자로서는 백성들의 불만을 고려하지 않을 순 없다.

그만큼 정비사업이 어렵다는 뜻이다.

하지만 파괴된 터전을 새로이 정비한다면 그 같은 문제가 발생할 여지가 주어지지 않았다.

괜찮은 의견이었다.

문제는 넓은 영지를 재건하기가 쉽지 않다는 것이었다.

"여력이 되겠습니까?"

"단번에 영지 곳곳을 정비하는 건 불가능합니다. 다만, 미리 계획을 세워두고 재건 사업을 진행하자는 뜻에서 말씀 드린 겁니다."

김 부장의 설명이 이어졌다.

마침 한림산업의 인수 건도 마무리됐고, 더구나 토목공사를 주업으로 하는 건설사다.

도로를 정비해 구획을 나누어 두는 것은 어렵지 않았기에 추후 재건 사업을 벌이기 위한 토대를 만들어 두자는 의견이었다.

"허면 계획을 세워주실 수 있겠습니까?"

"물론입니다. 마몬의 시기가 끝나면 한번 더 영지를 둘러보겠습니다."

"알겠습니다. 준비되면 말씀하세요."

김 부장의 두 번째 방문이 결정되는 순간이었다.

그러나 두 번째 방문객은 김 부장만이 아니었다.

"그때는 제가 안내해도 될까요?"

문 앞에서 들려온 답변이었다.

"언제 온 거야?"

"방금 도착했습니다. 주군께서 심각한 표정이시기에 기다렸습니다."

"그래도 그냥 들어오지 그랬어?"

"그게 애들하고 같이 왔습니다."

"쫄따구들?"

테론이 뒷머리를 긁적이며 같이 온 자들을 불렀다.

"다들 들어와서 인사드려."

잠시 후, 짧게 자른 머리에 알록달록한 군복을 갖춰 입은 일단의 무리가 들어왔다.

그리고는 고개를 살짝 숙이며 오른손을 가슴에 가져다 대며 군례를 했다.

"충! 주군을 뵙습니다."

"⋯⋯?"

"⋯⋯?"

"⋯⋯?"

동시에 대표실에 있던 세 사람의 표정이 의문에 휩싸이고 김 부장과 헤론의 시선이 루이에게 향했다.

황당한 표정을 짓던 루이.

"나? 아니야."

루이가 세차게 고개를 가로저었다.

"하하! 감축 드립니다. 대표님."

"와! 언제 저 많은 수하들을 거두셨어요? 축하드립니다. 주군."

어쨌든 일반적인 인사도 아닌 군례였다.

뭐, 잘난 가신을 둔 덕분에 이 세상에도 수하가 생겨서 좋기는 하다.

"그래. 여기까지 온다고 수고들 했다. 휴게실에서 쉬고들 있어."

"예, 주군."

동시에 우렁찬 목소리로 답한다.

대답도 시원시원해서 마음에 들었기에 아마도 느끼지도 못하는 사이에 미소를 지은 것 같다.

"주군께서 마음에 들어 하시니 기분 좋습니다."

기회다 싶었는지 테론이 한마디 내뱉고는 빈자리에 엉덩이를 붙인다.

그러면서 대근을 바라봤다.

"너도 앉아."

"아닙니다. 이대로가 편합니다."

대근은 테론 뒤에 자리했다.

도대체 강철파에 무슨 일이 벌어진 것일까?

마치 기사단을 대하는 느낌이다.

게다가 예전과는 다르게 조직원들이 내뿜는 기운이 예사롭지 않았다.

마치 마나를 머금고 있는 것 같은 느낌이랄까.

더구나 아까부터 느꼈지만, 부두목인 대근은 마치 잘 벼르진 오크전사처럼 완연한 투기를 내뿜는다.

말도 안 되는 생각이었지만 자꾸만 시선이 갔다.

"내가 불편하니 저기에 앉아."

그제야 테론 옆에 앉는 대근이다.

헌데 테론의 모습이 달라졌다.

황금색으로 찰랑였던 머리카락은 사라지고 수하들처럼 짧은 스포츠를 했다. 게다가 상하의 모두 알록달록한 군복에 군화까지 착용했지 않은가.

눈여겨보지 않았기에 미처 몰랐다.

대근과 나란히 앉으니 그제야 달라진 테론의 모습이 선명하게 각인됐다.

'와! 마치 아론 경을 보는 것 같네.'

풍기는 분위기가 그렇다는 말이었다.

"테론아, 내가 마법사라는 건 알지?"

"당연히 알지요."

"너도 알다시피 마법사가 머리가 좋거든. 그 중에서도 나는 아주 특별한 두뇌를 소유했고. 동의하지?"

"물론이죠. 그 좋은 머리를 제대로 사용하지 않아 제가 이 세상에서 굶어 죽을 뻔 했지 않습니까?"

"…일단 그건 넘어가자. 하여튼 뛰어난 이 머리로도 지금의 상황이 납득이 안 간다. 쉽게 설명 좀 해줄래?"

테론이 알아들었다는 듯 고개를 끄덕인다.

"여기 앉아 있는 대근을 비롯해 밖에 있는 수하들 모두 군대를 다녀왔습니다."

"그래서?"

"당연하지 않습니까?"

"뭐가 당연해? 아니다, 설마……?"

"역시 주군은 머리가 좋으십니다. 주군과 영지를 위해 특별히 단련을 시켰습니다."

테론에게는 할 말을 잊게 만드는 재주가 있었다.

도저히 생각하지 못할 기발한 발상을 한 것도 모자라 실행까지 해버렸다.

상당히 충격을 받았기에 멍하니 있었다.

"쟤들 모두 포병대 출신입니다. 소총을 다루는 건 기본이고, 박격포 정도는 눈감고도 표적을 맞춘다고 합니다. 대단하지 않습니까?"

내 수하들이 이 정도라는 듯 아주 자랑스러운 표정이다.

그런데 어떤 방법을 사용했기에 저들이 이렇게나 달라졌을까.

궁금해서 묻지 않을 수 없다.

"제가 검술이나 무투술에 관심이 많지 않습니까?"

"그렇지. 예전부터 잡다한 서적까지 죄다 읽을 정도였지. 그런데 왜?"

테론은 이 세상에 와서 컴퓨터 게임을 하며 폐인생활을 하기 일쑤였다.

그런데 게임 속에 구현된 캐릭터의 움직임이 예사롭지 않다는 걸 느끼고 이 세상의 무예서를 살펴보기 시작했다.

그야말로 엄청난 분량의 서적을 탐독한 것.

여기서 한 가지 의문점을 발견했다.

알다시피 테론은 마나를 다루는 기사다. 심장에 마나홀을 만드는 마법사와는 다르게 피부로 마나를 받아들인다.

그런데 이 세상의 무예서는 기(氣)라는 것(아마도 마나이지 싶다)을 표현하며 몸속에 단전(丹田)을 만들어 받아들인다고 설명했다.

기를 저장하는 단전은 상, 중, 하 세 곳이 존재하고, 하단전(下丹田)은 배꼽 밑 세치(9cm)쯤 되는 곳에 있다.

또한 마법사가 마나홀을 형성하는 심장이 중단전(中丹田), 특이하게도 뇌(腦)가 상단전(上丹田)이었다.

더구나 상단전을 개방하면 이곳의 말로는 신선(神仙)이 되는 길이 열리는데, 저쪽 세상으로 따지면 신(神)의 반열에 오르는 것과 같다.

그리고 무예서가 중요하게 다룬 건 인간의 혈도와 호흡법이었다.

실제로 혈도를 자극해보니 모두 일치했다.

호흡법 또한 테론이 행하는 방식과 비슷한 점이 많았다.

나름대로 이 세상의 무예에 관한 지식을 쌓게 된 테론은 실제로 단전을 만들어 보기로 결심했다.

허나, 문제점이 있었다. 이미 마나를 받아들여 저장 공간을 만든 테론이었기에 강제로 단전을 형성할 경우 마나가 폭주할 수 있었다.

잘못하면 폐인이 된다는 뜻.

검을 치켜세우고 적진을 향해 돌격하는 기사를 로망 하는 테론의 꿈이 좌절된다는 말이다.

그러나 영악한 테론에게는 방법이 있었다.

백명에 가까운 수하들, 실험체들이 있질 않은가.

결정이 나자 테론이 강철파 서열 2위 대근을 불렀다.

"형님. 찾으셨습니까?"

"그래. 거 뭐냐. 칼 가진 거 있어?"

강철이 품안에 숨겨둔 단검을 꺼내자 테론이 바닥에 있던 쇠파이프를 건넸다.

"그걸로 잘라봐."

"예?"

대근이 무슨 말도 안 되는 일을 시키느냐는 표정이다.

허나 까라면 까는 게 조직의 율법.

대근이 쇠파이프를 향해 힘껏 단검을 내리쳤다.

역시나 잘릴 리가 없다.

캉! 하는 소리만 들릴 뿐 쇠파이프는 그대로였다.

"단검 줘봐."

이번엔 테론이 쇠파이프를 들었다.

그리고는 마나를 활성화시켜 단검으로 보내자, 선명한 아지랑이가 일어나며 날을 감싼다.

과정을 지켜보던 대근이 경악했다.

"그, 그게 뭡니까?"

"마나다."

"마나요?"

"그래. 기라고도 부르지."

기라는 말에 대근이 고개를 끄덕인다.

이 나라에서 살아가는 성인이라면 누구나 알고 있는 상식 속에 포함된 단어지만, 허구속의 이야기일 뿐이었다. 그런데 눈앞에서 버젓이 그 존재가 드러났다.

"잘 봐."

대근의 표정을 살핀 테론이 마나를 감싼 단검으로 쇠파이프를 내리쳤다.

터엉!

반으로 잘린 쇠파이프가 바닥에 떨어지며 내는 소리였다.

"헙!"

너무도 놀란 나머지 아이처럼 입을 막았다.

두 눈은 커지고 부풀어 오른 눈동자가 터질 것 같았다.

테론의 비법(2)

　잠시 후 놀람을 진정했는지 바닥에 떨어진 쇠파이프를 집어 살펴본다.

　전혀 거친 면이 느껴지지 않을 정도로 매끈했다.

　"형님?"

　"너도 이렇게 해보고 싶지 않아?"

　"제가 말입니까?"

　테론이 미소를 짓자 대근이 세차가 고개를 끄덕였다.

　쇳덩이를 잘라낼 수 있는 힘을 가진다는데 망설일 이유가 없었다.

　강철파 부두목 대근이 테론의 첫 실험체가 되는 순간이

었다.

대근이 고개를 끄덕이자 안쪽 호주머니에서 뭔가를 꺼내는 테론.

푸른 색깔을 지녔지만 보석이라기에는 뭔가 부족해 보이고 그렇다고 딱딱한 돌멩이는 아니었다.

"이게 뭡니까?"

"마석이라고 마나를 품은 약이라고 보면 돼."

"영약 같은 거군요."

"그렇지. 무협소설 같은데서 보면 막 영약을 먹고 강해지잖아. 마석도 마찬가지야."

"허면 이걸 먹고 나면 형님처럼 되는 겁니까?"

"물론이지. 단번에 나처럼 되기는 어렵지만 무던히 노력한다면 가능해."

"일종의 기초를 닦는 거군요."

"빙고! 소설 속의 주인공처럼 강해지기 위한 토대를 마련하는 거지."

테론의 설명을 듣고 나자 마석을 바라보는 대근의 눈빛이 달라졌다.

마치 영롱한 빛이 나는 것 같았다.

"제가 먹어도 되는 겁니까?"

"너 먹으라고 준거야."

대근이 감동했다.

형님이 보기엔 자신이 너무 약해보였기에 강하게 만들

려는 의도 같았다.

보스의 따뜻한 마음이 느껴진다.

"그럼 염치불구하고 먹겠습니다."

테론이 고개를 끄덕이자 단번에 마석을 삼키는 대근이다.

잠시 후.

"느낌이 어때?"

"뭔가 이질적인 기운이 느껴집니다."

실제로 청량감을 느끼는 대근이었다.

기운을 느낀다는 말에 환한 표정이 된 테론이 대근에게 가부좌를 틀게 했다.

"단전이라고 들어봤지?"

"예. 배꼽 아래 만드는 게 아닙니까?"

"맞아. 지금 네가 느끼는 마나를 그곳으로 인도할 거야. 강제로 인도하는 만큼 편안히 흐름을 따라야 돼."

"마음 편히 있으면 된다는 말씀이시죠?"

"그렇지. 그럼 시작한다."

대근이 눈을 감은 채 마음을 편히 하자 테론이 마나를 인도하기 시작했다.

또 다른 기운이 들어오더니 몸속에 있던 이질적인 기운을 이끌고 아주 조금씩 아래로 향하는 게 느껴진다.

가끔씩 송곳으로 후벼 파는 것 같은 거센 통증이 찾아왔지만 참지 못할 정도는 아니었다.

몇 번이고 찾아온 통증을 견뎌내자 테론의 인도에 따라 움직이던 기운이 배꼽 아래에 도착했다.

여기까지가 테론이 해줄 수 있는 전부다.

이제부터가 가장 중요하다.

배꼽 아래 인도된 기운으로 단전을 형성하는 건 오롯이 대근의 의지에 달렸다.

"내가 해주는 건 여기까지야. 이제부터 배꼽 아래에 단전이 있다고 상상하면서 마나를 그곳에 담는다고 생각해."

테론의 말대로 배꼽아래 도착한 마나를 가둔다고 생각했다.

허나 마나를 강제하던 테론의 기운이 물러나자, 배꼽 아래 있던 마나가 요동치며 사방으로 뻗어나갔다.

"컥!"

지금까지 느꼈던 통증은 아무것도 아니었다.

배꼽 아래 마나가 사방으로 뻗어나가며 강제로 몸속을 난도질했다.

너무나 아파 정신이 혼미해질 때쯤.

"정신 차려!"

형님이 호통 치는 소리가 아득히 들려온다.

이대로 정신을 잃는다면 죽을 것 같았기에 살이 찢어지는 고통을 삼키며 마나에게 부탁했다.

'제발! 다른 곳으로 가지 말고 그곳에 자리 잡아!'

그렇게 살기위한 혈투를 벌였지만 결국 배가 갈라지는 엄청난 고통이 찾아오며 정신을 잃고 말았다.

＊　　＊　　＊

"이렇게 해서 마나홀을 만들었습니다."

테론의 이야기를 듣고는 너무도 어이가 없었다.

화약무기를 사용하는 이 세상과는 달리 저쪽 세상의 가장 강력한 무기는 마나다.

즉, 전장에 있어 가장 중요한 병기가 마나를 다루는 자들이다.

게다가 일대일에 특화된 기사와는 달리 마법사는 대규모 전투에서 더욱 큰 위력을 발휘한다.

국가 간의 전쟁이나 영지전에서 마법사의 효용가치가 남다르다는 뜻이다.

그래서 권력을 지닌 자들과 마탑이 연계해 마법사를 대규모로 양성하고자 했다.

그때 사용한 게 마석이다.

몬스터가 보유한 마나를 이용해 강제로 인간의 심장에 마나홀을 만들고자 한 것.

허나, 극히 이례적인 경우를 제외하고는 열이면 열, 백이면 백, 모두가 사망했다. 그것도 심장이 찢어지는 극한 고통 속에서 죽어나간 것이다.

다만 심장에 마나홀을 형성한 자는 마법사로서 평생을 보냈다. 하지만 1서클이 한계였다. 더 이상 성장하지 못한 것이다.

당연하게도 이후로는 더 이상 강제적인 방법으로 마법사를 만들려는 시도 자체가 사라졌다.

'몬스터가 보유한 마나는 정제되지 않은 마나다. 마법사가 이용할 순 있지만 몸속에 받아들이지는 못한다.'

마탑에서 내놓은 결과다.

그런데 그토록 위험한 짓을 테론이 했다.

"와! 이런 미친놈을 봤나! 강제로 마나홀을 만들려다 죽은 자가 부지기수다. 몰랐던 거야?"

"에? 정말입니까?"

놀란 표정을 짓는 걸 보니 정말로 몰랐던 모양이다.

그리고는 휴게실에 있는 수하들을 가리키며 말했다.

"헌데 왜 아무도 안 죽었지요?"

"쟤들한테도 한 거야?"

"당연하죠."

"그러면 쟤들 모두 마나를 다룬다는 거야??"

"물론이죠."

"……."

"에이! 주군께서 잘못 아신 거 아닙니까?"

테론 말대로 강제로 마나홀을 만들었다면 분명히 죽거나 폐인이 되었어야 정상이다.

그런데 한 둘도 아니고, 무려 열명이 넘는 인원이 강제로 마나홀을 만들었음에도 죽은 자가 없다.

무언가 이상했다.

곁에 있는 헤론을 바라봤다.

역시나 이해가 안 간다는 표정을 보이면서도 무척이나 흥미로워 했다.

대근에게 물었다.

"몸에 힘이 없거나 어디 아픈 곳은 없었어?"

있었다.

바라는 답은 아니었지만, 강제로 마나홀을 만들고 나자 오한이 들기도 하고, 때로는 온 몸이 펄펄 끓을 정도로 열이 났다.

게다가 며칠 동안 설사를 해 제대로 음식조차 먹지 못했다.

그렇게 근 1주일 동안 고생을 하고나자 언제 그랬냐는 듯 증상이 사라지며 이전과는 달리 몸이 개운해지고 아주 활기가 넘쳤다.

그뿐만이 아니다.

피부가 예전보다 훨씬 부드러워지고 윤택이 흐른다고 했다.

마나를 다루는 자들이 부가적으로 얻게 되는 효용이었다.

그렇다면 무엇 때문에 이런 현상이 벌어진 걸까?

"테론아."

"예, 주군."

"이곳에서 그거 해볼 수 있어?"

"마나홀 만드는 거 말입니까?"

"그래."

"마석이 없는데요."

"내가 줄 테니 해봐."

강제로 마나홀을 만들어보라는 말에 곁에 있는 김 부장의 눈빛이 이채롭다.

"허면 한명 부르겠습니다."

얼른 답하는 대근이다.

또 한명의 수하가 초인이 될 수 있는 기회다.

"제가 하면 안 되겠습니까?"

그때, 김 부장이 한손을 번쩍 들며 끼어들었다.

"김 부장이요?"

"예……."

답을 하면서 대근을 슬쩍 보고는.

"나이가 드니 몸도 찌뿌듯하고, 피부도 축 처지고, 활력도 없고, 그리고… 장…도… 가고 싶고."

"김 부장이 하세요.

"예?"

"김 부장이 하시라고요. 대신 위험할 수 있습니다."

"가, 감사합니다. 대표님."

김 부장이 쩌렁쩌렁한 목소리로 답했다.

대근처럼 매끈한 피부도 모자라 초인이 될 수 있다면 그까짓 위험이야 얼마든지 감내할 수 있다.

대상자로 김 부장이 정해지자 루이가 마석을 꺼냈다.

헌데 마석을 본 대근의 눈이 둥그레졌다. 테론 또한 다르지 않았다.

대근에게 사용했던 마석은 손톱만한 크기였지만, 김 부장이 사용할 마석은 포도송이만한 크기다.

딱 봐도 상위 몬스터가 지녔던 마석이다.

"와! 3골드는 받겠는데 그걸 가지고 계셨어요?"

"이번에 워커밀에서 가져온 거야. 가진 게 이것뿐이어서 해봐."

대근이 단전을 만들면서 겪게 되는 일련의 과정에 관해 상세히 설명했고, 김 부장이 거듭 새겨들었다.

준비가 끝나자 마석을 삼킨 김 부장이 가부좌를 틀고 앉았다.

잠시 후 테론이 마나를 인도하기 시작했고, 루이 또한 마법으로 김 부장의 몸을 살펴봤다.

마나가 어떻게 녹아들고 어디를 따라 이동하는지, 어떤 방식으로 자리 잡는지를 세세하게 관찰하려는 것이다.

무협지에서 봤던 대로 절대로 입을 열어서는 안 된다는 대근의 말에 김 부장은 이를 악물었다.

얼마나 고통스러운지 쉴 세 없이 신음을 흘렸고, 악다

문 입술을 비집고 붉은 피가 흘렀다.

눈물이 마르지 않는 것은 덤이다.

그러나 정신력의 한계가 온 것인지 기어코 정신 줄을 놓고 말았다.

엄청난 고통을 겪어본 대근이 걱정스러운 시선을 김 부장에게 던지고, 일련의 과정을 지켜보던 루이가 고개를 끄덕였다.

헤론도 그러했다.

"새로운 발견입니다. 아니, 이건 마나의 혁명입니다."

"그래. 앞으로 얼마나 성장할지는 모르겠지만 몸 안에 마나홀을 만들었으니 초인의 길로 들어선 것은 틀림없다."

결론은 김 부장도 마나홀을 생성하는데 성공한 것이다.

"이건 마나홀이라기보다 단전이라고 부르자."

"저도 같은 생각입니다. 이곳에서 전해지는 무예서를 빌려 만들었으니 단전이라 부르는 게 옳다고 봅니다."

"어쨌든 테론이 엄청난 비법을 만들었어."

"예. 테론의 방법을 이용한다면 초인을 찍어낼 수도 있겠습니다. 물론 한계도 명확할 테지만요."

"하지만 일반인보다 월등한 신체를 갖게 된 건 사실이지. 이 세상 인간들을 기준으로 한다면 가히 적수가 없을 거야."

헤론이 동의했다.

아무리 수준이 낮더라도 마나를 다루는 초인을 일반인이 이길 순 없다.

테론을 바라보는 루이의 시선이 매섭게 변했다.

수하들을 데려온 이유가 몬스터로부터 영지를 지키기 위한 순수한 목적이라면 받아들여도 될 것이다.

그렇지 않다면 돌려보내는 게 옳다.

아니다. 이미 엎질러진 물, 저들을 돌려보낸다고 해결될 문제가 아니다.

이쪽 세상의 권력자들과 충분히 맞서도 될 정도로 힘을 가지기 전까지는 최대한 가진 비밀을 유지하는 게 맞다.

작금의 위치로 보아 테론이 저지른 짓은 분명히 위험하다.

'이걸 어떻게 한다.'

잠시 고민하는 모습을 보이자 헤론이 거든다.

"김 부장과 같은 걸로 하죠."

헤론이 말하는 건 마나의 서약, 즉, '피의 맹세'다.

비밀을 유지하는데 있어 더없이 합당한 방법이다.

더구나 마나의 서약 자체는 제한이 없었다.

수십 수백명, 아니, 수천 수만명도 가능하다.

"그럴까?"

"예. 테론을 보니 앞으로도 계속해 저 짓을 벌일 것 같습니다. 아마도 수하들을 데려온 목적에 마석도 포함됐을 겁니다. 게다가…….."

헤론은 비법을 적극적으로 활용하자는 의견이다.

사실 테론이 사용한 마석은 최하급이다.

초인의 기준으로 놓고 본다면 하급 정도인 대근을 제외하고는 저들 모두 최하급 전사라는 말이다.

저들이 아무리 날뛰어도 헤론이나 테론의 털끝조차 만질 수 없다.

위협이 되지 않는 것.

압도적인 숫자를 동원해도 마찬가지다.

마나가 다할 때까지 미련하게 싸우지만 않는다면 전혀 문제가 없다.

"네 말대로 마석을 이용해 전사를 양성한다면 거대한 조직을 만들 수 있겠어."

"제 생각도 같습니다. 그리고 주군께서 가장 중요한 걸 쥐고 계시지 않습니까?"

"그렇지."

헤론의 말이 틀리지 않다.

당연하게도 마석의 수급은 이쪽 세상에서 할 수 없다.

즉, 이 세상에선 초인을 만들 방법이 없다는 말이다.

"마석은 통제해야겠지?"

"이를 말입니까?"

결론이 났다. 이제 비법을 만든 당사자인 테론의 의견을 들어볼 때다.

루이의 시선이 테론에게 향했다.

깨달음에 의한 차이

조용히 이야기를 듣고 있던 테론이 답했다.

"주군의 뜻을 따르겠습니다."

"고맙다."

"허면 일전에 제가 공언한대로 움직여도 되겠습니까?"

"원하는 대로 해봐."

루이가 허락하자 테론이 웃었고, 대근의 표정이 활짝 펴졌다.

"그나저나 이제 어떻게 해야 돼?"

"김 부장 말입니까?"

"그래."

테론이 어깨를 으쓱해 보이며 대근을 바라봤다.

"곧바로 깨워도 되지만, 스스로 깨어날 때까지 저대로 두는 게 좋습니다."

대근이 말했다.

이미 경험자였다. 대근이 기절하고 깨어나지 않자 테론은 찬물을 들이부어 강제로 정신을 차리게 했다.

허나 그것은 테론의 실수였다.

여전히 몸 안에서는 변화가 일어나는 중이었고, 대근은 전해지는 고통을 맨 정신으로 감내하는 값진 경험을 할 수밖에 없었다.

덕분에 대근의 경험은 수하들에게 적용됐다.

정신을 잃은 수하들이 스스로 깨어날 때까지 기다렸고, 수하들은 단 한명도 그런 고통을 맛보지 않았다.

"언제쯤 깨어나는 거야?"

"짧게는 하루, 길게는 이틀이 걸렸습니다."

"그러면 계속 저렇게 나둬?"

"숙직실로 옮기겠습니다."

대근이 김 부장을 업고는 숙직실로 향했고, 테론이 수하를 불러 몸을 따듯하게 해줄 담요를 준비시켰다.

그리고 대근이 나가는 것을 지켜보던 헤론이 흥미로운 이야기를 꺼냈다.

사실 저쪽 세상의 마탑이나 권력자들은 기사를 대량으

로 양성할 수 있다는 것 자체를 생각하지 못했다.

그럴 수밖에 없는 게 심장에 마나홀을 만드는 마법사와는 달리, 기사는 피부로 마나를 받아들인다. 마나홀 자체가 없다는 뜻이다.

아니, 관점을 달리해 본다면 피부 자체가 마나홀이라고 보는 게 맞다. 하지만 마법사를 만드는 과정이 실패하면서 그런 시도 자체가 없었다.

무엇보다 피부에 마나홀을 만든다는 건 생각조차 할 수 없었다.

심장마저 터져나가는데 얇은 피부가 견딜 리는 만무하기 때문이다. 헌데 테론이 고안한 비법이라면 새로운 패러다임이 열린다.

가장 먼저 영지군, 즉, 일반 병사들을 더욱 강병으로 만들 수 있다.

저쪽 세상은 작게는 수백명, 많게는 수천 수만명, 더 많게는 수십만이 뒤엉키는 전장이 심심찮게 벌어진다.

그런 전장에 월등히 앞선 신체능력을 가진 병사들을 내세운다면 어떻게 될까?

결과는 당연한 승리일 터였다.

게다가 능력마저 올릴 수 있다면?

헤론이 흥미를 가진 건 이점이었다.

즉, 테론이 창안한 비법의 수혜를 받은 조직원들에게 상위 몬스터가 보유한 마석을 사용해보자는 것.

더구나 실험체 또한 두 종류다.

최하위 몬스터가 지녔던 마석을 복용한 조직원들, 그리고 하위 몬스터의 마석을 복용한 대근이다.

두 몬스터가 보이는 전투력만큼이나 실험체의 능력 또한 당연히 큰 차이가 난다.

"주군은 어떻게 보십니까?"

"글쎄, 네 말대로 상당히 흥미롭기는 한데 쟤들이 괜찮을까?"

"죽을 수도 있겠지요."

"음……."

"대신에 한 단계 높은 마석을 사용하는 겁니다. 이미 마나를 다룬 만큼 그 정도는 받아들일 수 있을 겁니다."

쉽게 결정을 내리지 못했다.

마음 역시도 둘로 나뉘었다.

한쪽에서는 훌륭한 기회를 저버릴 수 없다는 마법사의 탐구심이 부추겼고, 한편으로는 인간애가 그래서는 안 된다며 말렸다.

게다가 저들은 테론을 믿고 영지에 도움이 되고자 찾아왔다.

헌데 저들을 목숨조차 장담하지 못하는 실험체로 사용한다?

"일단 그 문제는 접어두자."

아쉬운 기분이 들었지만 해서는 안 될 짓이다.

그러나 혜론의 한마디에 애써 다잡았던 마음이 흔들려
버렸다.

"주군께서는 모른 척 하십시오. 제가 나서서 해보겠습
니다."

"…무서운 놈."

하기야 말린다고 해서 들을 혜론도 아니다.

특히나 영지군의 전력을 급상승 시킬 수 있는 기회를
가지느냐, 그렇지 못하느냐의 문제였다.

"때로는 대를 위해서 소를 희생할 필요가 있습니다."

"지금이 그런 경우라는 말이냐?"

"당연한 말씀을 하십니까?"

'게다가 비밀을 지킬 수 있는 이점도 존재하지.'

답은 하지 않았다.

결국, 혜론의 의견에 동조한 것이다.

그리고 보면 나 또한 틀림없는 마법사였다.

"저들을 충분히 납득시켜 실험에 응하도록 하겠습니
다."

고개를 끄덕였고, 혜론이 결론을 내렸다.

그리고는 한동안 침묵이 이어졌다.

실험이 성공할 경우를 생각하며 얻게 될 이득을 계산해
보는 것이다.

"야야! 그만하자."

"그래야겠죠? ㅎㅎㅎㅎ."

정말이지 궁합이 잘 맞는 주군과 신하다.

그렇게 실험에 관한 이야기를 마무리할 즈음, 테론과 함께 대근이 돌아왔다.

막 들어서던 테론이 실실 웃고 있는 헤론을 봤다.

"넌 왜 그리 쪼개고 있어?"

"쪼개다니 그게 무슨 말이야?"

피식!

테론이 비웃음을 흘렸다.

"그런 게 있다."

그러자 루이가 궁금해 되묻는다.

"쪼갠다는 게 뭔 말이냐?"

"아무것도 아닙니다."

테론이 정색하며 답하자 곁에 있는 대근을 보면 물었다.

"네가 말해봐."

"……."

"괜찮아. 테론이 뭔가 신박한 말을 배운 것 같은데 나도 알고 싶어서 그런 거야. 네가 말 안하면 쟤들 불러서 물어보고."

대근이 원망어린 시선으로 테론을 바라봤다.

"그게… 실없다는 뜻입니다."

"실없다고?"

"예."

하지만 두 사람은 실없다는 말뜻조차도 몰랐다.

"알기 쉽게 풀어서 설명해봐."

"간단히 말해 말이나 하는 짓이 실답지 못하다. 즉, 큰형님께서 바보처럼 웃고 있다는 말입니다."

"아하! 그런 심오한 뜻이었어?"

루이는 감탄했지만, 헤론은 인상을 구기며 테론을 바라봤다.

"이게 형한테 막말을 해?"

"그러게 누가 실실 쪼개고 있으랬어?"

"이게 그래도—!"

"어쭈! 한 대 치겠네. 이참에 한번 붙어볼까?"

짝짝짝!

그러자 루이가 손뼉을 치며 호응했다.

"오오! 그거 좋겠다. 헤론이 5서클에 올랐으니 한번 붙어봐."

테론이 화들짝 놀라며 루이를 바라본다.

"정말입니까?"

"그래. 제법 시간이 지났으니 예전보다 훨씬 강해졌을 거야. 지금쯤이면 5서클 마법도 자유롭게 구사하지 않을까 싶은데."

그 순간.

'엿 됐다.'

테론이 속으로 되뇌인 말이다.

물론 표정은 전혀 변함이 없었다.

단순히 숫자로 비교하자면 4서클과 5서클은 1서클의 차이가 날 뿐이다.

그럼에도 테론이 놀랄 수밖에 없는 이유가 있었다.

마법사로 입문해 4서클까지는 재능에 따라 빠르거나 느리게 도달한다.

즉, 시간이 지나면 자연스럽게 서클이 올라간다는 뜻이다.

반면에 4서클에서 5서클에 오르기 위해서는 깨달음이라는 마의 단계가 존재했다.

시간이 해결해주지 않는다는 뜻.

대륙에 존재하는 대다수 마법사들이 이 단계를 넘지 못한 채 생을 마감하는 연유였다.

허나 깨달음을 얻어 단계를 넘는 순간, 보유한 마나량이 폭발적으로 증가할 뿐만 아니라 그 농도가 짙어진다.

같은 마법을 사용해도 그 파괴력이 훨씬 강해진다는 뜻.

테론이 화들짝 놀라는 이유도 이 때문이었다.

예전에 벌인 대련에서는 헤론의 공격을 쉽게 무마시켰지만, 5서클에 올랐다면 사정이 달라졌다.

맨주먹으로 마법을 파해하다간 치명적인 부상을 당할 수도 있었다.

결국 검이라는 도구를 들어야 한다.

허나 검을 사용해도 이긴다는 보장이 없었다. 아니, 필패할 수밖에 없다.

지금의 테론은 비교적 마나 운용을 자유롭게 하며 마나로 검을 감쌀 수 있는 단계다.

익스퍼트 중급의 단계로 어디를 가던 정식기사로 인정받지만, 5서클을 개척한 마법사의 상대는 아니다.

테론이 혜론과 대등한 싸움을 벌이려면 다음의 단계에 올라야 한다.

익스퍼트 상급의 단계, 검을 감싼 마나가 아지랑이처럼 더욱 선명해져야 했다.

이는 마나의 농도가 훨씬 짙다는 뜻이다.

중급에 들어선 자들과는 명확하게 구분되는 이유다.

마법사와 마찬가지로 대다수 기사가 중급의 단계에 머물며, 이 단계를 넘지 못한 채 생을 마감했다.

"요즘 쟤들을 강하게 만든다고 너무 무리했습니다. 더구나 김 부장에게 단전을 만들어주지 않았습니까?"

테론이 수하들과 김 부장을 핑계로 대며 슬그머니 꼬리를 내렸다.

허나 테론의 속마음을 모르지 않았다.

루이는 은근히 테론을 도발했다.

"와! 싸나이 테론이 꼬리를 마는 거야?"

"누가 꼬리를 맙니까? 지금은 피곤해서 그런 겁니다."

"피곤은 개뿔! 앞으로 형한테 개기지 마라. 가만 안 둔다.”

덩달아 혜론이 빈정거리며 도발하자 기어코 테론이 맞받아친다.

“누가 할 소린지 모르겠네.”

“그러면 함 뜨까?”

“그래. 함 붙자. 대신 나도 검을 사용한다.”

“검이든 총이든 니 맘대로 해라.”

결국 창고 뒤쪽에 있는 공터로 향하는 혜론과 테론.

둘의 대련은 큰 관심을 받을 수밖에 없어 대근을 비롯해 휴게실에 대기 중이던 강철파 조직원 모두를 따르게 했다.

이미 모두에게 마나의 서약을 강제하기로 작정한 이상 숨길 필요도 없었다.

그리고 진정한 초인들의 대결을 본다면 저들은 더욱 강한 힘을 가지길 원할 터, 혜론이 의도하는 실험체로 지원할 여지도 충분했다.

“너희들은 이쪽으로 와.”

조직원들이 대련에 휩쓸린다면 크게 다칠 수 있기에 안전한 곳에 자리 잡게 했다.

그런 후 주변을 스캔해 사람들의 유무를 확인했다.

반경 수백 미터 이내에 사람들이 없다는 것을 확인하고는 곧바로 마법을 펼쳐 소리가 새어나가지 않도록 했다.

준비를 끝내자 혜론과 테론이 거리를 벌리고 선다.

"자! 이번엔 보는 눈이 많으니 둘 다 최선을 다해봐. 준비됐지?"

헤론이 고개를 끄덕이며 준비됐다는 신호를 보내자 동시에 폭발적인 속도로 다가서는 테론.

시작하라는 신호를 보내기도 전에 움직였다.

"오! 테론이 열 받았나봐. 파이팅!"

테론이 갑자기 다가오자 황급히 쉴드를 전개하는 헤론이었고.

그 순간 마나로 감싼 테론의 검신이 번쩍이며 헤론을 가른다.

"어?"

"저런!"

"헛!"

시작과 동시에 벌어진 일.

족히 이십 미터가 넘게 떨어진 거리였지만 테론이 움직이자 눈 깜짝할 사이에 가까워졌다.

동시에 언제 뽑았는지도 모를, 눈부시게 하얀 잔상을 남긴 테론의 검이 헤론을 가르고 지나가 버렸다.

대근을 비롯한 조직원들이 동시에 놀람과 경악어린 탄성을 내뱉었다.

테론이 보여준 모습은 진정한 초인의 움직임.

대련이 너무도 허무하게 끝나버린 것 같아 아쉬웠지만, 그보다 헤론이 크게 다치지 않았는지 심히 걱정됐다.

그러나 루이의 시선은 이미 다른 곳을 바라본다.

애초에 테론이 있었던 곳.

그곳엔 언제 생성됐는지 이글이글 타오르는 다섯 개의 화염창이 테론이 지나간 자리를 훑으며 빠르게 날아간다.

"헛!"

"아……!"

갑자기 나타난 화염창이 검을 휘두르는 테론의 등으로 다가오자 또다시 경악어린 탄성을 내지르는 대근과 조직원들.

동서남북 사방위를 비롯해 허공마저 점하며 다가서는 화염창, 피할 곳은 아래쪽밖에 없었다.

허나 아래쪽은 땅바닥, 대근이 질끈 눈을 감았다.

역시나 큰형님이셨다.

"와아!"

"우아!"

동시에 대근의 귓가로 수하들이 내지르는 탄성이 들려온다.

재빨리 눈을 뜬 대근.

"아아……!"

대근의 눈에 비친 건 허공을 날며 검을 내리긋는 테론의 모습.

마치 등 뒤에 자리한 붉은 태양을 가르고 나타난 것 같은 착각이 들 정도로 아름다웠다.

 그 시각.
 족히 1km는 되어 보이는 곳에서 헤론과 테론의 대결을 지켜보는 자 또한 놀람과 경악에 찬 표정을 짓고 있었다.

등장한 초인

이 세상에는 그가 속한 조직을 제외하고는 초인들이 존재하지 않는다.

아니, 그들과 척을 진 세력이 있기는 하다.

하지만 원 뿌리는 하나다.

결론은 그가 속한 조직 외에는 초인들이 존재하지 않는다고 알려졌고, 그렇게 배웠다.

한데 그의 눈앞에 또 다른 초인들이 등장했다.

그것도 자신과는 비교조차 안 될 정도로 강해 보이는 자들이다.

먼 동쪽, 한국이라는 곳에 와서 루이라는 자와 헤론이

라는 자의 일거수일투족을 감시하라는 명을 받았다.

그때만 해도 휴가거니 생각했다.

생각대로 따분함을 느낄 정도로 평온한 일상의 연속, 역시나 중한 임무는 아니었다.

그러나 오늘에야 그에게 주어진 임무가 결코 평범하지 않다는 것을 깨달았다.

서둘러 촬영 장비를 설치했다.

조직에서 이곳으로 자신을 파견한 이유도 저 멀리서 벌어지는 두 초인간의 대결을 담아오라는 뜻일 터였다.

헤론과 테론의 대결을 흥미롭게 지켜보는 루이.

예상대로 4서클과 5서클의 차이는 컸다.

맨주먹으로도 헤론을 제압해왔던 테론이지만, 이제는 검을 들고서도 상대가 되지 않는다.

테론도 그것을 알았기에 시작하라는 신호가 떨어지기도 전에 기습을 감행한 것이다.

예전의 헤론이라면 분명히 쉴드를 두른 채로 테론의 공격을 받으며 거리를 벌렸을 터였다.

하지만 지금은 대응방법이 완전히 달라졌다.

쉴드를 둘러 몸뚱이를 보호함과 동시에 블링크를 펼쳐 테론의 뒤로 이동했다.

그런 후 아주 짧은 순간을 이용해 화염창을 만들고는 다섯 방위를 점하며 공격을 전개한다.

이는 다섯 개의 마나 고리가 무리 없이 공명하며 마법의 시전 시간까지 줄여주었기 때문에 가능한 것.

깨달음을 얻어 5서클에 오른 효용이다.

반면에 테론의 대응은 아쉬웠다.

날아오는 화염창을 동시에 파괴하는 것은 어렵다.

그래서인지 위에서 다가오는 화염창을 검으로 파해하며 허공을 향해 치솟았다.

명백한 실수였다.

검사는 두발을 딛고선 바닥을 이용해야 움직임이 자유롭다.

발 디딜 곳조차 없는 허공을 날아오른 것은 스스로 움직임에 제약을 둔 것이다.

역시나 헤론이 놓칠 리 없다.

곧바로 바람의 칼날을 날려 공격했고, 테론은 검을 내리그으며 바람의 칼날을 베어냈다.

허나 바람의 칼날은 움직임을 봉쇄하려는 헤론의 노림수, 역시나 다섯 개의 얼음창이 테론을 덮쳤다.

승부수였다.

테론의 위치는 허공, 척 봐도 발을 디딜 곳이 없어 움직임이 자유롭지 못하다.

즉, 동시에 다가오는 얼음창을 파괴할 방법도 피할 방법도 없다는 뜻이었다.

승부가 났다. 그런데.

"허공답보!"

테론의 외침이 들려오고.

"응?"

동시에 루이가 의문을 품었다.

허공답보(虛空踏步)!

무협지에 나오는 용어로 아무것도 없는 허공을 걷거나 달리는 기술로 작가의 상상력을 기반으로 만들어졌다.

허나 이를 본 테론은 그야말로 둔기로 맞은 듯 큰 충격을 받으며 온몸에 전율이 돋았다.

깨달음을 얻어 5서클이라는 단계를 넘은 마법사는 비록 잠깐 동안이지만 플라이 마법으로 하늘을 날 수 있다.

물론 7서클 이상의 고위 마법사는 더욱 오랜 시간을 체공한다.

그리고 9서클에 올라 대마법사의 단계를 개척한 자는 보유한 마나가 바닥날 때까지 시간에 구애받지 않는다.

물론 기사들도 단계가 높아질수록 여러 가지 기술을 가진다.

마법사가 멀리서 화염구를 날려 공격하듯, 기사도 검을 이용해 마나가 응축된 유형의 기운을 날릴 수 있다.

게다가 월등한 육체를 가지기에 개인 간의 다툼이 벌어지면 한 단계 위의 마법사라도 거뜬히 잡아낸다.

거기에 마법사와의 전투경험이 풍부하다면 두 단계 위도 가능했다.

그러나 쉴드를 두른 채 허공에서 공격하는 고위 마법사라면 상황이 뒤바뀌었다.

같은 경지에 이른 기사조차도 감당하기가 어렵다.

더구나 상위 마법일수록 광역공격이 많아 피하는 것조차 힘들다.

즉, 기사가 하늘을 날지 못하는 한 고위 마법사를 이기는 건 불가능했다.

하지만 허공에서 방향전환을 자유롭게 하고, 한번이고 두번이고 도약할 수만 있다면 어떻게 될까?

테론의 의문점은 여기서 시작됐다.

무협지에서 말하는 허공답보라는 기술을 읽는 순간 어쩌면 가능하지 않을 까라는 기대를 가지게 된 것.

그렇게 무던히도 노력했지만 실패를 거듭했다.

그러나 포기할 테론이 아니었다.

더 많은 무협지를 읽으며 방법을 찾고자 했고, 그리고 찾아낸 게 다름 아닌 장풍(掌風).

즉, 몸속에 보유한 마나를 일순간 체외로 방출할 수만 있다면, 허공에서 반발력을 얻게 되고 그것을 통해 도약이 가능해 진다.

그렇게 시도한 횟수가 족히 수천 수만번.

잠시도 쉬지 않고 체외로 마나를 방출하고자 시도한 끝에 마침내 결과를 얻었다.

비록 두번이 한계였으나, 허공에 도약한 채로 방향을

전환할 수 있게 된 것이다.

그리고 노력의 결실이 지금, 이 순간에 빛을 발했다.

"와아!"

"우와!"

루이가 의문을 표하는 순간 강철파 조직원들이 어느 때보다 큰 탄성을 내지른다.

테론이 허공에서 한번 더 도약하며 화염창을 피해버린 것.

헤론이 날린 회심의 공격은 테론의 멋진 한 수에 가로막혀 제 역할을 해내지 못했다.

허공으로 도약한 테론을 속절없이 지나쳐 버린 것이다.

승부가 나리라는 루이의 예상 또한 완전히 빗나갔다.

'저런 기술이 있었나?'

의문이 들 수밖에 없다.

몇 되지 않는 영지의 기사단이지만, 게 중에서 저런 기술을 사용하는 자는 없었다.

아니, 본적이 없다고 하는 게 맞다.

아마도 아론 경이 가진 고급기술일 터, 마법사의 길을 걷는 헤론보다는 기사의 길을 걷는 테론에게 전수해 주었을 것이다.

어쨌든 생각지도 못한 테론의 한수로 인해 승부가 길어졌다.

'멋진 놈!'

테론은 저절로 미소를 지을 수밖에 없도록 만들었다.

"헉!"

그러나 그 생각도 잠시, 이번엔 더욱 놀라서 탄성을 내지르게 만든다.

강철파 조직원들도 마찬가지.

놀랍게도 테론이 허공에서 다시 한번 더 도약하며 헤론과의 거리를 좁혔다.

그리고는 엄청난 속도로 검을 내리긋는다.

대결 중이던 헤론도 테론의 묘기 앞에 그만 넋을 잃고 말았다.

티격태격해도 동생, 하나뿐인 핏줄이다.

그런 동생이 엄청난 기술을 선보이는데 어찌 감동하지 않겠는가!

"킥!"

허나, 승부의 세계는 냉정한 법.

테론의 검에 헤론이 비명을 내질렀다.

한순간 마나의 공급이 끊어졌기에 약해진 쉴드가 찢어지며 테론의 검이 헤론의 어깨에 닿은 것이다.

멀리서 초인들의 대결을 지켜보던 불사조기사단 케인도 마찬가지였다.

상상하지 못한 기술에 너무나 놀란 나머지 촬영 장비가 돌아간 것도 모른 체 멍하니 입만 벌리고 있다.

그리고 그 순간 렌즈가 햇빛을 받아 반짝였다.

"그만!"

헤론의 쉴드가 찢어지는 것을 확인한 루이가 대결을 중지시켰다.

승부가 난 것이다.

그리고는 동시에 마법을 펼쳤다.

이글 아이(eagle eye).

매의 눈과 같은 날카로운 관찰력을 가지고 멀리 있는 대상을 살펴볼 수 있다.

루이의 시선이 햇빛을 받아 반짝이던 곳으로 향하고, 눈동자에 푸른 안광이 일렁인다.

그리고 일순간 모습이 사라졌다.

멍하니 있던 케인이 서둘러 정신을 차리고는 다시금 촬영 장비를 고정했다.

그 순간 자신이 있는 곳을 바라보는 루이의 시선과 마주했다.

푸른 안광이 일렁이는 선명한 눈동자가 카메라에 잡힌다.

'설마?'

자신을 보고 있다는 생각이 들었지만 이내 고개를 저었다.

저자와 자신과의 거리는 족히 1km, 이렇게나 멀리 떨어진 곳에 있는 자신을 어찌 본단 말인가?

더구나 자신은 풀 속에 은신한 상태다.

그런 자신을 알아본다는 것은 말이 되지 않았기에 계속해 시선을 마주했다.

물론 아주 짧은 순간에 스치고 간 생각이지만.

"헛!"

그런데 자신과 시선을 마주하던 상대가 순식간에 사라지더니, 머리 위에서 기척이 느껴졌다.

동시에 들려오는 한국어.

"오호! 쥐새끼가 숨어 있었네."

순식간에 1km를 이동해온 루이가 허공에 멈춘 채 케인을 내려다보며 말했다.

위험을 느낀 케인이 망설임 없이 소리가 들려오는 곳을 향해 시커먼 물체를 쏘아 보낸다.

극독을 묻힌 케인의 주 무기로 총알보다 빠른 속도를 자랑한다.

허나 독침이 무언가에 가로 막히며 허무하게 튕겨 나왔다.

"마법사?"

케인이 절망에 빠진 표정이다.

그가 사용하는 독침은 강철로 특수 제작됐다.

빛살 같은 속도를 가졌을 뿐만 아니라, 얇은 강철판도 뚫어버릴 정도로 강력한 파괴력마저 갖추었다.

기사단 중에서도 저토록 쉽게 케인의 독침을 막아낼 수 있는 자는 없었다.

그런데 저자는 엄청난 충격이 덮쳤을 것임에도 아무렇지 않게 튕겨냈다.

고위 마법사가 펼치는 쉴드가 아니라면 불가능한 일.

어쩌면 저자는 지금은 적이 된, 오래전에 조직을 배반한 백색마녀 칼라에 필적하는 존재일지도 몰랐다.

확실한 건 본인이 상대할 수 있는 자가 아니다.

이럴 때는 튀는 게 상책.

케인이 품안에서 공간이동 스크롤을 꺼내 찢었다.

푸스스.

그러나 웬걸.

분명히 마법이 발현됐지만, 불꽃만 일어날 뿐 이동 스크롤은 효과를 발휘하지 못했다.

지금과 같은 경우를 대비하고자 루이가 결계를 쳐둔 것이었다.

이미 주변공간은 오롯이 루이의 영역이었다.

"오! 공간이동 스크롤?"

흥미가 동할 수밖에 없다.

이 세상엔 마법사가 존재하지 않는 것으로 판단했다.

그런데 이동 스크롤이 등장했다.

"홀드!"

탈출에 실패한 케인이 여분의 스크롤을 꺼내자 곧바로

움직임을 봉쇄해버렸다.

눈앞에 등장한 스크롤을 살펴보기 위한 조치다.

천천히 허공에서 내려온 루이가 케인이 지닌 스크롤을 빼앗아 살펴보더니 미소를 짓는다.

예상한대로다. 케인에게 빼앗은 스크롤은 3서클.

만약 7서클에 해당하는 공간이동 스크롤이었다면 펼쳐진 결계를 뚫고 원하는 곳으로 이동했을 것이다.

스크롤을 살펴본 후, 주변의 촬영 장비를 챙긴 루이가 사로잡은 케인을 데리고 곧바로 창고 뒤 공터로 이동했다.

"주군?"

갑자기 사라졌던 루이가 웬 사내와 함께 도착했다.

"누굽니까?"

"멀리서 이곳을 감시하던 놈이야. 이건 촬영 장비 같은데 확인해볼 수 있지?"

"예."

대근이 곧바로 영상을 확인했다.

역시나 테론과 헤론의 결투 장면이 고스란히 담겨있다.

그뿐만이 아니다.

열흘 전에 촬영한 영상까지 확인됐다.

그 말은 오래전부터 감시를 해왔다는 뜻. 간단하게 넘길 문제가 아니다.

더욱이 저자는 마법스크롤을 지녔을 뿐만 아니라, 마나를 활용해 강력한 공격까지 가해왔다.

저런 자가 이곳을 감시해온 이유는 뭘까. 숨기고 싶었던 비밀이 벌써 알려진 걸까?

알아내야만 했다.

그래야 앞으로의 행보가 보다 안전해질 것이다.

"쇠사슬로 저놈을 묶어."

"쇠사슬로요?"

일반 밧줄도 아닌 쇠사슬로 묶으라는 말에 헤론이 의문을 표했다.

"마나를 다루는 자야. 쟤들보다 강해."

헤론이 고개를 끄덕였다.

놈의 몸을 살펴보니 주군의 말대로다.

"이 세상에도 마나를 다루는 자가 있었군요."

"그래. 우리가 잘못 판단했어."

헤론의 의문에 답하고는 대근에게 명했다.

"놈을 심문해봐. 놈이 누군지, 누구의 명으로 이곳에 왔는지, 이곳에 온 목적이 무엇인지 낱낱이 밝혀내."

"예, 주군."

그리고는 테론을 바라본다.

지금은 놈에 대한 궁금증보다 테론이 선보였던 기술에 더욱 관심이 갔다.

"테론."

"예?"

"어떻게 된 거야?"

"뭐가 말입니까?"

"네가 사용한 기술 말이야."

"아!"

테론이 우쭐한 표정을 지었다.

"아론 경이 가르쳐 준거야?"

"무슨 말씀을. 아버지께 배운 게 아닙니다. 제가 개발한 겁니다."

"진짜로?"

"물론이죠."

"허면, 그것도 무예서를 보고 배운 거야?"

"당연한 걸 물어보십니까?"

"헐······."

솔직히 기가 막혔다.

앞으로 해 나가야 할 일들

테론의 나이에 익스퍼트 중급에 이를 정도면 천부적인 재능을 타고난 것은 사실이다.

하지만 조금 맹한 것은 틀림없었다.

그런 테론이 스스로 저러한 기술을 배워 선보일 정도라면 이 세상의 무예서가 얼마나 체계적으로 기술되어 있는지 짐작할 수 있었다.

연구해보고 싶은 욕심이 생기지 않는다면 거짓이다.

"혹시 마법서 같은 건 없어?"

"글쎄요. 마법서는 본적이 없습니다."

"그래?"

"예. 제 생각엔 마법 같은 건 취급조차 안하는 것 같습니다."

"……."

"정히 배우기를 원하신다면 제가 찾아는 보겠습니다."

"…그래. 부탁하마."

테론이 심드렁한 표정으로 말했다.

이제까지 맹하다고 무시해온 감이 없지 않았는데 저놈도 그걸 눈치 챈 것 같다.

아마도 앙심을 품은 느낌이다.

괜히 물어본 것 같은 기분이 들어 헤론에게 속삭였다.

"네가 찾아봐. 분명히 뭔가가 있어."

"제 생각도 그렇습니다. 마나를 다루는 자가 나타났는데 마법서가 없다는 게 말이 안 됩니다. 제가 은밀히 찾아보겠습니다."

헤론이 고개를 끄덕이며 말했다.

역시나 테론의 말을 믿지 않는 것이다.

그때 사로잡은 자를 심문하러 갔던 대근이 돌아왔다.

"벌써 실토했어?"

"그게 아니라 놈이 우리말을 할 줄 모릅니다. 영어를 사용하는 것 같은데 저도 그렇고 수하들도 마찬가지로 영어를 모릅니다."

뜻밖의 문제가 발생했다.

서로 간에 대화가 통해야 심문도 가능한 법이다.

"이참에 영어도 배워놓는 게 어떻겠습니까?"

영어가 이 세상의 공용어로 지정된 언어는 아니다.

다만 대다수 비즈니스가 영어로 이루어지는 만큼 국제적으로 놀기 위해선 배워두는 게 좋다.

"그럴까?"

"허면 영어강사를 수소문 하겠습니다."

"뭐 하러?"

"빨리 습득하려면 영어강사를 곁에 두고 대화하는 게 좋지 않겠습니까?"

"네 말도 맞지만, 영어강사보다 더 좋은 선생이 있는데."

"예?"

"영화 말이야. 영어로 된 영화 몇 편만 보면 금방 배우는데 뭐 하러 돈을 들여?"

"아…! 허면, 영어로 된 회화 책을 구해오겠습니다."

놈이 한국어를 할 줄 모르니 대근에게 심문을 맡길 수도 없게 됐다.

덕분에 졸지에 영어까지 배우게 됐으니 놈에 대한 심문도 직접 해주는 게 예의리라.

"내일 심문할 테니까 놈을 창고에 가둬놔. 단단하게 묶였는지 다시금 확인하고."

"예, 주군."

그날 저녁 헤론이 구해온 회화 책을 강제로 머릿속에

집어넣은 뒤, 무려 여섯 편의 영화를 독파했다.

그 유명한 어벤져스 시리즈다.

"와! 저런 영화가 있다는 걸 어찌 아셨습니까?"

"저거 유명한 영화야. 검색하면 금방 나와."

"주군께선 영화관에 한 번도 안 가봤잖습니까? 아예 담 쌓고 사신 줄 알았습니다."

"이게 아직도 주군을 무시하네. 나도 할 건 다 한다."

"진짜요?"

"당연하지. 비싸게 돈 들어가는 것만 빼고."

"역시 주군이십니다."

"굳이 큰돈을 들이지 않아도 이 세상엔 놀 거리가 많아. 좋아하는 영화만 봐도 족히 몇 년은 보낼 거야."

"영지민도 이런 문화를 즐기는 날이 빨리 왔으면 좋겠습니다."

"영지가 부유해지고 삶에 여유가 생긴다면 가능하겠지."

"허면 축구나 야구 같이 누구나 즐길 수 있는 놀이 문화도 도입하죠."

"그것도 나쁘진 않지."

그렇다고 저쪽 세상에 놀이 문화가 없다는 것은 아니었다.

각 지역마다 특색 있는 축제가 열리고, 축구나 야구처럼 대륙에 널리 퍼진 놀이 문화도 존재했다.

검투라는 놀이는 이곳의 이종 격투기와 비슷했다.

차이점이 있다면 이곳은 보호구를 착용해 선수의 생명을 보호하지만, 검투는 상대의 목숨 정도는 가볍게 취한다. 재밌게 봤던 클레디에이트라는 영화처럼.

인간과 인간의 대결, 인간과 이종족, 특히 오크와의 대결, 인간과 몬스터와의 대결 등 종류도 다양했다.

주로 노예가 된 인간을 선수로 내세우지만, 검투 자체가 신분 상승의 도구이자 부를 움켜쥘 수 있는 수단이 되기 때문에 스스로 참여하는 자들도 많았다.

이처럼 과격한 놀이 문화가 성행하는 건 아마도 몬스터와 생존경쟁을 벌이는 세상이기 때문일 것이다.

"허면 가장 먼저 공부인께 영화를 선물해 보시는 건 어떻습니까?"

"영화?"

"예."

혜론이 뜻밖의 이야기를 꺼냈다.

사실 영주 성에는 마땅한 소일거리가 없다.

그래서인지 어머니께선 언제나 책을 읽으며 시간을 보내셨다.

물론 독서가 나쁘다는 건 절대 아니다.

다만 좀 더 다양한 취미거리가 생겼으면 어떨까 하는 바람을 가지고 있던 차에 혜론이 좋은 의견을 낸 것이다.

"찬성이다. 헌데 영화를 보려면 전기가 필요하지 않

아?"

"그렇죠. 그 문제는 발전기를 이용하면 간단히 해결됩니다."

그랬다. 이것을 왜 몰랐을까?

헤론의 말대로 휘발유를 원료로 사용하는 발전기라면 전기를 만드는 건 가능하다.

게다가 수력발전소를 도입하기 전에 태양광발전소를 설치한다면 더 많은 전기의 수급도 가능해지고.

물론 거대한 산업용 설비를 가동하는데 필요한 전력은 생산할 순 없지만, 가정용 전기라면 얼마든지 가능하다.

"그거 설치하자."

"허면 제가 설치 방법을 알아보겠습니다."

"아니, 네가 배울 필요는 없지."

"아…! 그러네요."

강철파 조직원들 중에서 기술을 가진 자를 찾아보고, 없으면 김 부장에게 말해 외주 직원을 데려오면 될 것이다.

일이 끝나면 기억을 지워버리면 될 테고, 기술자를 거들어줄 잡부는 영지에 널렸다.

헤론이 또 다른 주제를 꺼냈다.

"이제는 기술자들도 양성해야지 않겠습니까?"

"물론이지. 이미 영지 내 기술자들을 파악해 두었다."

"제 생각은 이 세상 기술자들을 아예 영지로 초빙하자

는 겁니다."

"뭐?"

이 세상의 기술서적을 번역해서 가져다주더라도 영지의 기술자들이 오롯이 제 것으로 만들기 위해서는 원리를 연구하고 이해해야 한다.

많은 시간이 소요될 수밖에 없다.

그 시간을 단축하자는 뜻에서 이 세상의 기술자들을 영지로 데려가 직접 가르치자는 게 헤론의 의도였다.

틀린 말은 아니다.

같은 길을 걸어본 스승이 옆에서 깨우쳐 준다면 시간이 훨씬 단축될 것이다. 괜찮은 방안이었다.

하지만 단순히 접근할 문제가 아니었기에 방법론에 관해서 여러 이야기를 나누며 밤을 새웠다.

* * *

그리고 다음날.

어제 사로잡은 놈을 심문하고자 창고로 향했다.

도망가지 못하게 단단히 묶어두라고 했더니, 아예 쇠사슬로 온몸을 칭칭 동여맨 게 마치 꼬치를 보는 것 같았다.

심문하기도 전에 자살하지 않은 것만도 다행이다.

조직원이 가져온 의자에 앉아 놈을 바라보니 예상과는

다르게 여전히 눈빛이 살아 있다.

"좀 더 가까이 데려와!"

놈이 일반인이라면 심문하는 건 어렵지 않지만, 놈은 마나를 다루는 자다.

마나 자체가 정신력을 보호해 주는 효용이 있기에 손가락 마디를 잘라내고 힘줄을 뽑아내는 고문에도 버텨낸다.

웬만한 고통을 가해서는 꿈적도 하지 않는다는 뜻.

저자 또한 그러할 터, 당연하게도 정신력을 무너뜨려야 했다.

그러려면 오랜 시간이 필요하다.

그러나 저자와 연락이 끊긴다면 당연히 이쪽에 사로잡혔다는 것으로 생각할 것이다.

그전에 저자가 속한 조직과 이곳을 감시하는 이유를 알아내야 한다.

"묻는 것에 성실히 답해주면 풀어주겠다. 물론, 네가 원하지 않을 경우 답하지 않아도 된다. 어때?"

"그런 조건이라면 얼마든지 응해주지. 무엇을 알고 싶으냐?"

케인이 조건에 응하자 그 순간 허공에서 밝은 빛이 일어나더니 순식간에 그의 가슴으로 파고들었다.

혹시나 해서 미리 펼쳐놓은 '텔트루잉'. 진실을 말하게 하는 마법으로 상대의 동의가 있어야만 완성된다.

저쪽 세상에서는 사로잡혀 심문을 당할 땐 절대로 응한다거나 동의한다와 같은 의사 표현을 하지 않는다.

고문기술자로 가장한 마법사가 심문할 수 있기 때문이다.

그래서 무조건 모르쇠로 일관하거나, 답을 하더라도 동의를 표하는 응한다와 같은 단어는 사용하지 않는다.

다시 말해 저자는 이렇게 말해야 한다.

'그런 조건이라. 무엇을 알고 싶으냐?'

이런 식으로 말이다.

허공에서 일어난 빛이 가슴으로 파고들자 케인이 깜짝 놀란다.

"무슨 짓을 한 거지?"

루이가 미소를 지은 채 말했다.

"별 것 아니야. 그저 진실 된 답을 듣고 싶어서 계약을 걸어둔 것뿐이야."

"계약이라고?"

"그래. 내가 너를 풀어주겠다는 것과 너는 내 질문에 거짓을 말하지 않겠다는 약속이지."

"나는 계약에 응한 적이 없… 하아… 그렇군."

케인이 알았다는 듯 탄식을 내뱉었다.

분명한 건 별다른 생각 없이 내뱉은 말에 동의한다는 표현이 있었다.

혹시나 사로잡혀 마법사의 심문을 받게 될 경우가 절대

로 해서는 안 될 말.

분명히 교육을 받은 내용이었다.

"대화를 나누려면 서로의 이름 정도는 알아야겠지. 나는 루이라고 한다. 네 이름이 뭐지?"

"로버트 에드워드 케인. 케인이라 부른다."

"그래, 반갑다 케인. 영어 발음을 보니 영국인 같은데."

말 대신에 조용히 고개를 끄덕이는 케인이다.

행동 자체도 진실과 거짓의 제약을 받는다.

거짓은 아니었다.

신사의 나라에서 오신 분에게 다음 질문을 건넸다.

"너 말고 마나를 다루는 자들이 많나?"

"그 질문엔 답할 수 없다."

"많다는 말이군. 마나를 다루는 자가 있으리라곤 생각하지 못했거든. 그래서 물어본 거야."

"그런데 이곳을 감시하는 이유가 뭐지?"

"명을 받았을 뿐 자세한 이유는 나도 모른다."

평온한 표정인 것을 보니 정말로 모르는 게 확실했다.

"아참! 너도 궁금한 게 있으면 물어봐도 돼."

"정말이냐?"

"물론이지. 나는 너와 대화를 나누려는 거야. 서로가 궁금한 것을 해소하자는 거지."

"허면 묻겠다. 너희들은 어디 소속이지?"

"몸담은 조직을 묻는 거야?"

"그렇다."

"글쎄. 조직이라고 할 순 있을지 모르겠는데 타나리스에 속한다고 할 수 있겠네. 그러는 너는 어디 소속이야?"

"나는 불사조기사단이다. 허면, 타나리스가 한국에 있는 조직이냐?"

"그래. 불사조기사단은 당연히 영국에 있겠지?"

이번에도 고개만 살짝 끄덕인다.

"하나 더 묻겠다. 너희와 백색마녀는 어떤 관계냐?"

"백색마녀?"

"연관이 없는 모양이군."

"백색마녀가 너희 조직, 아니, 불사조기사단과 적대관계인가?"

이번에도 답하진 않았지만 표정으로 보아 틀림없었다.

이외에도 여러 가지 질문을 주고받았지만 더는 특별한 내용이 없었다.

생각보다 아는 게 없는 자였다.

물론 불사조기사단의 위치라던가 조직의 구성도, 구성원이나 우두머리 등에 관한 건 함구했다.

그렇지만 나름대로 큰 수확을 얻은 건 사실이다.

이 세상에도 마나를 다루는 자들이 다수 존재한다는 것을 알아냈고, 불사조기사단과 백색마녀가 이끄는 조직이 적대관계라는 것도 밝혀냈다.

더 많이 존재할지는 모르지만 마나를 다루는 자들로 구성된 조직이 최소한 두 개라는 것도 알게 됐다.

그렇게 제법 오랫동안 이어진 심문을 끝내고 케인을 다시 가둔 후, 사무실로 돌아왔다.

"정말로 놈을 풀어주시려는 건 아니죠?"

"마나로 서약한 건데?"

"제가 죽이면 되지 않습니까?"

"잔머리 굴리기는."

"마나의 서약이라고 허점이 없는 건 아니죠."

"그 생각을 안 한 건 아닌데, 죽이는 것도 옳은 선택은 아닌 것 같아. 내 생각엔 기억을 지우고 보내는 게 어떨까 싶은데?"

가장 합당한 방법이었다.

문제는 불사조기사단이 적의를 가지고 케인을 보낸 것인지 심문을 통해서는 명확하게 알 수 없었다.

놈을 죽이는 것은 어렵지 않지만, 그렇게 된다면 불사조기사단과는 적대관계에 놓일 확률이 높다.

더구나 마나를 다루는 자들이 얼마나 되는지도 모른다.

마석의 효용

　기사단이라는 단체를 이룰 정도라면 적어도 수십 명은 넘지 않을까 싶다.

　물론 그 이상일 수도 있을 것이고.

　게다가 이야기를 나눠본 결과 케인이라는 자의 직위는 높지 않아 보였다.

　그럼에도 강철파를 대표하는 대근보다 강하다.

　저쪽의 무력이 어느 수준인지 대략적인 가늠이 가능하다는 뜻.

　즉, 테론이 없는 강철파와 불사조기사단이 부딪친다면 결과는 명확하다. 필패.

우선은 불사조기사단에 관한 정보를 획득할 필요성이 제기된다.

거기에 백색마녀가 이끄는 단체에 관한 정보도 필요하고.

"그러네요. 단순하게 생각할 문제가 아니군요."

"그래. 게다가 놈들을 이끄는 자가 어떤 위치에 있는지도 모르는 상황이잖아."

만약에 불사조기사단을 이끄는 자가 영국에 큰 영향력을 행사하는 자라면 강력한 국가를 상대해야 할 수도 있었다.

백색마녀 또한 그런 위치에 있을지도 모르고.

그런 자들과 대립각을 세우는 건 단순히 위험에 관한 문제만 아니다.

이곳에서 실패한다면 영지의 미래 또한 불투명해진다.

즉, 영지의 운명과 직결된 문제다.

"허면 우리도 세력을 키우죠."

헤론의 말대로 결국 이쪽도 그에 걸 맞는 세력을 확보할 필요성이 강하게 제기됐다.

테론과 시선을 마주하자 웃어 보인다.

언제나 긍정적인 게 보는 이로 하여금 마음을 푸근하게 만든다.

"테론?"

"예. 주군."

"얘들을 좀 더 강하게 키우자."

"어떻게 말입니까?"

"네가 창안한 비법 있잖아. 그걸 한번 더 시도해보자."

"내가 설명할게."

헤론이 강철파 조직원들에게 한 단계 더 높은 마석을 흡수시키자는 방안에 대해 이야기했다.

선례가 없는 일이기에 어쩌면 큰 위험에 직면할 수 있다는 사실까지 설명하면서도 성공할 확률이 높다는 견해를 덧붙였다.

"와! 그러면 재들이 훨씬 더 강해진다는 거네."

"물론이야. 네가 이 곳의 조직을 일통하는데 큰 도움이 된다는 뜻이지."

물론, 성공할 경우에 한한 이야기다.

하지만 테론은 위험할 수 있다는 것은 이미 뒷전, 성공이 당연하다는 듯 받아들였다.

"내가 수하들에게 말할 테니 준비나 잘해."

확실히 단순한 놈이다.

어쩌면 저런 성격이었기에 새로운 비법을 찾아낸 것인지도 모르겠다.

하여튼 대근을 비롯한 조직원들이 납득하게끔 일일이 설명하는 것도 어려운 일이었다.

오히려 테론이 나서는 게 더욱 쉬울 수 있다.

의외로 실험대상을 간단히 확보할 수 있을 것 같은 느

낌이 들었다.

"그러면 케인은 풀어주기로 한다. 다른 의견은 없지?"

"그야 주군께서 결정하신 문제니 따라야지요."

케인의 문제는 이곳에서 있었던 이틀간의 기억을 조작하기로 했다.

물론 촬영된 영상까지도 포함해서.

"그런데 주군."

"응. 왜?"

테론이 뜻밖에 이야기를 꺼냈다.

조직원들을 더욱 강하게 만들어 무력단체로 활용하는 것은 당연한 일이다.

하지만 그보다 이 나라에 막강한 영향력을 행사할 수 있도록 인맥을 만든다든지, 아니면 아예 이 나라를 통치해버리자고 주장했다.

아, 무력으로 점령하자는 건 아니다.

테론이 맹하긴 해도 그 정도로 생각이 없지는 않다.

테론의 의도는 선거에 특정인을 내세운 다음 매혹마법을 이용해 당선시키자는 뜻이다.

황당했지만 기발한 발상이 아닐 수 없다.

당연히 테론의 의견을 받아들였다.

까짓 거 정치를 이용한다면 테론의 말마따나 이 나라를 장악하지 못할 이유도 없다.

더구나 이 나라 또한 경제력으로 보나 군사력으로 보나

영국이라는 섬나라에 그렇게 뒤쳐지지도 않는다.

'정치라……..'

그것도 나쁘지 않았다.

"테론이 좋은 의견을 제시했어."

"맞습니다. 요즘 테론을 보면 맹했다는 게 믿기질 않습니다."

"이게 죽을라고."

"어쭈! 형을 치겠다. 다시 붙어볼까?"

"에휴! 됐다. 하수하고는 안 논다."

형제지간에 우애를 다지는 것을 보면 흐뭇해졌다.

그렇게 하루가 마무리됐다.

그리고 다음날.

대근의 말대로라면 김 부장이 깨어날 시간이다.

그런데도 깨어날 기미가 없었다.

너무 강한 마석을 준 게 아닌지 슬그머니 걱정이 되어 푸념을 내뱉었다.

"근데 김 부장은 아직도 안 깨어 난 거야?"

"저 깨어났습니다."

말하기 무섭게 대답이 들려오고. 그 순간.

"와!"

혜론이 감탄했다.

사무실로 들어서는 김 부장은 다른 사람이었다.

마치 몸뚱이에서 아우라를 내뿜는 것처럼 고고한 분위기가 느껴진다.

피부는 또 어떤가?

정말로 애기피부처럼 변했다.

"마나가 효력이 있긴 하지만, 저건 너무 심한데요?"

동의할 수밖에 없다.

일에 지쳐 까무잡잡하게 물들어가던 피부를 벗겨내고, 티끌 한 점 없는 새하얀 피부를 덧씌워 놓은 것 같다.

"불편한 곳은 없습니까?"

"듣던 대로 복통과 설사가 심합니다. 그 외에 나타나는 정상은 없습니다."

"다행이네요. 그리고 축하합니다."

"감사합니다. 저도 제 모습이 믿어지지 않습니다. 마치 새로 태어난 기분입니다."

김 부장이 깨어나자마자 찾은 건 거울이었다.

욕실에서 거울을 본 순간 정말로 까무러치는 줄 알았다.

대근이 가진 피부 정도만 돼도 대만족이었다.

그런데 이건… 너무 놀라 할 말을 잊었다.

"다른 변화는 없던가요?"

김 부장이 입 꼬리를 말아 올렸다.

"놀라지 마십시오."

그러면서 무릎을 굽혀 앉더니 살짝 뛰어 오른다.

허리를 펴지 않았음에도 가볍게 1미터를 넘게 뛰어올랐다.

"실내라서 이렇게 했지만 밖에서 힘껏 뛰어오르면 2미터 정도는 거뜬합니다. 달려가면서 뛰어오를 경우 3미터 담장도 거뜬히 넘고요. 달리는 속도 자체도 굉장히 빨라졌습니다. 또한."

한껏 기분이 고양됐는지 몸의 변화에 대해 쉬지 않고 떠든다.

저 기분을 모르지 않기에 모두가 끝까지 들어주었다.

"축하합니다. 김 부장님도 저와 같은 동류가 됐습니다. 하하하!"

때마침 사무실에 들어오던 대근이 축하를 건넸다.

"이거 쑥스럽습니다. 앞으로 잘 부탁드립니다."

김 부장도 초인의 길에 들어섰다.

이제 남은 건 몸속에 똬리를 튼 마나를 자유롭게 활용하는 것.

꾸준히 반복해 노력한다면 성장할 수 있는 잠재력이 무궁무진했다.

"저, 대표님?"

"예. 말씀하세요."

"변한 제 모습을 보고 떠올린 겁니다만, 마석을 가공해 음료나 의약품으로 가공해보면 어떨까 싶습니다."

"일반인에게 판매하자는 겁니까?"

"예. 수량만 받쳐준다면 꽤 괜찮은 사업 아이템이 될 것 같습니다."

"마석을 대량으로 확보하는 건 불가능합니다. 게다가 품고 있는 독은 어쩌고요?"

"독이야 중화시키면 되지 않겠습니까?"

하긴. 이 세상은 세균을 배양할 정도로 의학기술이나 과학기술이 발전했다.

마석이 품고 있는 독 정도는 충분히 중화시킬 수 있을 것이다.

김 부장 말대로 상품화 시킬 수만 있다면 회사에 큰 수익을 안겨줄 게 틀림없었다.

수량의 확보 또한 마찬가지다.

저쪽 세상에 존재하는 몬스터 수를 파악할 순 없지만 엄청난 숫자가 살아가는 것만은 확실하다.

다만 마석을 확보하기 위해서는 몬스터를 잡아야 하는 문제가 대두된다.

많은 수량을 확보한다는 건 어렵다는 뜻이다.

"허면 특정계층을 공략하는 것으로 전략을 수정하겠습니다."

"고가 정책을 펼친다는 겁니까?"

"예, 대표님. 수량이 한정된다면 오히려 희소성을 내세우는 게 좋습니다."

마석을 통째로 사용하지 않으니 초인이 되는 것도 아

니다.

그렇다고 김 부장과 같은 피부도 가질 수 없다.

하지만 분명한 건 독성이 제거된 마석의 성분이라면 피부가 훨씬 깨끗해질 수밖에 없다.

누구라도 변화를 느끼게 된다.

그뿐만 아니다.

몸속의 노폐물을 제거해주니 속편함을 느낄 테고, 쌓인 피로마저 풀어준다.

마나가 가진 이점이다.

틀림없이 마나의 효용성을 체감한다면 호주머니를 열지 않을 수 없다.

몸에 좋다는 것은 무엇이든 먹는 게 인간의 습성. 가진 게 많은 자일수록 덜하지 않다.

"적극적으로 추진해보세요."

"예, 대표님. 그리고 한 가지 더 있습니다."

"뭡니까?"

김 부장이 대근을 힐끗 보고는 말을 이었다.

"강철파와 관련된 일입니까?"

"그렇습니다. 대근 부두목을 포함해 조직원 모두가 초인이 아닙니까?"

"그렇지요."

"대표님께서 강철파를 곁에 두신 것도 도구로 사용할 무력단체를 얻고자 함이 아니겠습니까?"

"부인하지는 않겠습니다."

"송구하지만, 강철파는 음지에서 활동하는 무력단체입니다."

간단히 말해 김 부장은 양지에서 활동할 무력단체를 만들자는 뜻이었다.

음지에서는 강철파를 이용하고, 양지에서는 경호업체를 설립해 활용하자는 주장이다.

이미 마석을 이용해 초인들을 더 많이 양성하고자 결정했지만, 활용할 곳이 마땅치 않았다.

엄청난 고급인력을 그냥 놀릴 수 없어 고민하던 차에 경호업체를 설립하자는 김 부장의 의견이 나왔다.

일반인보다 월등한 신체조건을 가진 자들이 종사하기에는 더 없이 괜찮은 분야였다.

게다가 공식적인 무력단체를 보유하는 길도 열렸다.

"경호사업도 훌륭한 사업체가 될 것 같군요. 적극 추진해 보세요."

"예, 대표님. 경호업체를 설립하고 나면 다음 단계로 넘어가겠습니다."

"다음 단계요?"

놀랍게도 김 부장의 구상은 경호업체가 끝이 아니었다.

경호업체를 통해 기반을 다지고 그것을 바탕으로 PMC(Private Military Company)로 발돋움하겠다는 복안을 가졌다.

"PMC가 뭡니까?"

"민간군사기업입니다. 전투 활동이나 전략의 입안, 첩보 활동, 병참 지원, 군사 훈련 및 기술 지원 등 전쟁과 관련된 일을 대행하는 회사입니다."

저쪽 세상에도 용병은 존재하고, 개개인이 모여 용병단이라는 단체를 조직하기도 한다.

규모가 큰 용병단은 휘하에 거느린 용병의 숫자가 일천이 넘을 정도다.

그 외에도 중소규모의 용병단은 대륙에 널리 퍼져있다.

이 세상도 마찬가지였다.

김 부장이 말하는 PMC라는 회사를 일종의 현대판 용병단으로 이해하면 될 것 같았다.

PMC는 이미 전 세계적으로 수십 개가 존재하고 이 나라에도 여러 회사가 존재한다.

더구나 전쟁을 대행한다는 것은 공식적으로 이 세상의 무기를 보유하고 있다는 뜻이다.

경호업체와는 비교조차 할 수 없는 규모다.

"하세요."

"예?"

"PMC라는 회사를 빨리 설립할 수 있도록 아주 적극적으로 추진하세요."

"아…! 네……."

답하는 김 부장의 목소리가 줄어든다.

당연히 자금의 문제다.

타나리스 유통의 매출 규모로 보면 아직은 민간군사기업을 만들고 유지할만한 여력이 되지 않았다. 서두른다고 될 일이 아니었다.

"마음이 급해 회사의 여건도 생각하지 못했네요. 부끄럽습니다."

"아닙니다. 이왕에 시작하기로 계획한 만큼, 되도록이면 이른 시기에 추진해 보겠습니다."

김 부장이 오히려 미안해했다.

그래서 한 가지 이야기를 더 건넸다.

"저쪽 세상에서 가져와 팔만한 게 있으면 말씀하세요. 내 최선을 다하겠습니다."

"아직은 대표님의 세상에 대해 아는 게 부족합니다. 마몬의 시기가 끝나고 영지를 방문할 때 상세히 살펴보겠습니다."

"알겠습니다. 그리고 김 부장이 깨어났으니 이제 넘어갈 준비를 해야겠습니다."

"허면 저는 식량과 의약품, 담요 등을 준비하겠습니다."

"최대한 많이 부탁드립니다."

"예, 대표님."

지시를 받은 김 부장이 살짝 고개를 숙여 인사하고는 대표실을 나갔다.

루이의 시선이 대근에게로 향했다.

대근을 비롯해 강철파 조직원들을 저쪽 세상으로 데려가기 전에 할 일이 있다.

"수하들은 준비됐지?"

"예. 모두 한곳에 집합시켰습니다."

"가자."

각각의 목적(1)

영지에 필요한 물건을 주문하고 도착하는 물량을 파악하느라 정신없는 김 부장에게 대근이 찾아왔다.

"바쁘십니까?"

김 부장이 검토하던 서류를 내려놓고는 대근을 바라본다.

대기업에 근무하며 나름대로 양지를 주름잡던 김철민 부장과 음지에서 살아오며 수차례 생사를 넘나들었던 부두목 대근.

도저히 어울릴 것 같지 않은 조합이지만, 그런 두 사람이 이 세상 사람도 아닌 이세계인에 의해 연결됐다.

자의든 타의든 작금엔 타나리스를 위해 서로가 다른 꿈을 꾸었고, 같은 목적을 지녔다.

일종의 동료애가 싹튼 것이다.

게다가 하나의 대상에 마나의 서약까지 한 사이다.

"이쪽으로 앉으세요."

김 부장이 옆에 있던 의자를 밀자 대근이 앉는다.

"묻고 싶은 게 있어 왔습니다."

"그래, 어떤 게 궁금하십니까?"

잠시 뜸을 들인 대근이 질문을 건넸다.

"저와 수하들이 주군과 맺은 마나의 서약에 관해 알고 싶습니다."

"별도로 말씀하시지 않던가요?"

"예. 궁금하면 부장님을 찾아가보라고 말씀하셨습니다. 아! 수하들이 궁금해 해서……."

"하하! 괜찮습니다. 계약을 맺는다면 누구나 궁금할 수밖에 없지요."

김 부장의 말에 대근이 얼굴을 붉혔다.

스스로 생각해봐도 속보이는 짓을 벌였다.

"죄송합니다. 수하들을 핑계 댔지만 사실은 저 또한 궁금하기는 마찬가집니다."

김 부장이 마나의 서약에 관한 이야기를 꺼냈다.

"마나를 다루는 자는 '마나의 서약'을 맺고 그렇지 않은 자는 '피의 맹세'라는 계약을 합니다. 원 계약자가 요구한 것을 어기지 않겠다는 약속이지요."

"만약에 어기면 어찌됩니까?"

"죽습니다. 그것도 끔찍한 고통 속에서 처절하게 죽어 갑니다."

김 부장이 일전의 일을 떠올리며 온몸을 부르르 떨었다.

그런 김 부장의 모습을 본 대근도 동시에 긴장하며 되물었다.

"도대체 어떤 고통을 받는다는 겁니까?"

"저 또한 그 고통을 겪어보지 않았으니 자세하게 말씀드릴 순 없습니다. 다만, 서약을 어긴 자가 죽어나가는 것을 똑똑히 지켜봤습니다."

김 부장이 예전에 영지를 방문했을 때의 일을 설명했다.

당시 영지 구석구석을 살펴보던 김 부장이 도착한 곳은 '하이잘'이라는 제법 큰 마을이었다.

때마침 그곳엔 마을 촌장의 주재로 공개 재판이 진행 중이었는데, 갓 성년이 지난 여인과 건장한 사내가 서로의 주장을 펼치고 있었다.

다툼의 요지는 사내가 결혼을 빙자해 여인을 욕보였는지, 그렇지 않은지를 판가름하는 것.

게다가 사건이 일어난 시기가 무려 두달 전, 서로의 주장 말고는 일체의 증거조차 없었다.

촌장이 골머리를 싸맬 수밖에 없는 상황.

"가보시면 아시겠지만 그곳은 모든 게 낙후된 곳입니다. 이곳처럼 과학적인 수사기법도 없지요."

대근이 고개를 끄덕였다.

이미 대충은 들어서 알고 있다.

증거도 없는 상황에서 두달 전의 일을 어떻게 밝힌다는 것인가?

상대의 마음을 읽어내지 못하는 이상 방법이 없어보였다.

"그때, 대표님께서 직접 재판을 주관하셨습니다."

"아……!"

그랬다. 방법이 있었다.

큰형님도 그렇고 주군께서도 마법을 사용하지 않았던가.

케인이라는 자에게도 텔트루잉인가 뭔가 하는 마법을 사용해 진실을 말할 수밖에 없도록 만들었다.

"그래서 어떻게 됐습니까?"

"대표님께서 여인과 사내에게 피의 맹세라는 서약을 걸었습니다."

마나의 서약이나 피의 맹세는 목숨을 대가로 원 계약자의 요구를 저버리지 않겠다는 약속이다.

다만 서약이나 맹세를 어겼을 경우 마나를 다스리는 자는 마나가 역류하면서 몸뚱이가 미라처럼 변하고, 엄청난 고통과 함께 종국에는 심장이 터져 죽는다.

반면에 마나를 다스리지 못하는 자는 몸속을 흐르는 피가 역류하면서 오공은 물론이고 땀구멍을 통해 모든 피를 쏟아내며 죽음을 맞이한다.

공통점이라면 엄청난 고통을 느끼는 듯 쉴 세 없이 비명을 지르며 천천히 죽어간다는 것이다.

그때의 상황이 떠오르는지 다시금 부르르 몸을 떠는 김 부장이다.

대근 또한 김 부장의 표정을 통해 오한을 느꼈다.

굳이 계약을 하지 않더라도 비밀을 함구했을 테지만, 만에 하나라도 미라가 되어 죽기는 싫었다.

"저는 부지불식간이라도 비밀을 지키자는 뜻에서 스스로 계약을 청했습니다."

"예에?"

대근이 놀라움을 표했다.

"뭘 그리 놀라십니까?"

"솔직히 스스로 목숨을 내어놓는다는 건 누구나 할 수 있는 일이 아니질 않습니까?"

사실 김 부장 역시도 피의 맹세라는 계약이 목숨을 담보하는 것인 줄은 몰랐다.

하이잘이라는 곳에서 대표가 행하는 재판과정을 지켜보고서야 알게 된 사실이다.

하지만 굳이 그런 사실을 말할 필요는 없었다.

"하하하! 그런가요?"

김 부장이 호탕하게 웃자 대근이 존경스럽다는 듯 바라본다.

"비밀만 지킨다면 아무런 일도 일어나지 않습니다. 비록 목숨을 대가로 지불했지만, 다른 세상을 드나드는 특권을 누리지 않습니까?"

"그렇기는 하군요."

대근도 고개를 끄덕였다.

다른 차원을 가볼 수 있게 된 것만으로도 엄청 설레는 일이다.

더구나 몬스터와 함께 살아가는 세상이고 소설 속에서만 상상하던 장인족이나 오크족, 심지어 엘프족도 존재한다.

게다가 잘만하면 미의 상징인 엘프족을 반려자로 만나게 될지도 모르고.

엘프 여인을 상상하자 절로 미소가 나왔다.

'불가능한 일도 아니지. 흐흐흐!'

심각한 표정으로 서약에 관해 물어왔던 대근이 갑자기 음흉한 미소를 보이자 김 부장이 고개를 갸웃거렸다.

'설마, 충격 받아 실성한 건가?'

* * *

토렌 영지.

각 영지에서 차출한 영지군이 모이자 무려 5천의 병력이 만들어졌다.

이들의 목적은 안드리스 산맥에 서식 중인 몬스터 무리를 타나리스 영지로 몰이하는 것.

계획은 성공적으로 진행되고 있었다.

"그래, 진행상황은 어떤가?"

"며칠 이내에 마무리 될 겁니다."

"몰이 규모는 어느 정도지?"

"산맥에 거주하는 대다수 몬스터 무리를 타나리스로 몰아가는 중입니다."

"오호! 울바란과 파월이 고생했겠어."

오천의 군사가 몰이를 시작한 곳은 산맥 깊숙한 곳. 상위 몬스터 영역이다.

물론 상위 몬스터가 한 끼 식사거리도 되지 않는 인간 따위를 겁낼 리는 없었다.

다만 마나를 다루는 기사만큼은 예외다.

간혹 인간들 중에서도 엄청나게 강한 자는 있었고, 오천의 군사를 이끄는 기사들이 그랬다.

연합군을 이끄는 자는 최상급의 단계에 오른 기사로, 능히 오우거와 맞상대도 가능했다.

더구나 상급에 이른 기사들이 받쳐준다면 가족 단위로 살아가는 오우거 무리도 어렵지 않게 잡아낸다.

상위 몬스터라도 위협을 느끼는 건 당연했다.

그렇게 생존본능에 따라 영역을 버린 상위 몬스터가 움직이자 덩달아 하위 몬스터의 대이동이 시작됐다.

엄청난 규모의 몬스터가 타나리스를 향해 몰려가게 된 이유였다.

* * *

워커밀 영지군 주둔지.

현대식 무기로 무장한 영지군을 이끌고 몬스터 숫자를 줄이던 말리의 표정이 심각하다.

4개 중대가 지나간 곳은 이미 몬스터를 토벌한 지역이다.

그곳에 새로운 무리가 자리 잡았다.

"확실히 이상해."

원래 살아가던 몬스터 무리를 토벌하면 새로운 무리가 터전을 꾸린다.

자연스러운 현상이다.

그러나 짧은 시간에 새로운 무리가 들어서는 건 흔치않다.

게다가 같은 현상이 여러 곳에서 동시에 벌어졌다.

그뿐만이 아니다. 몬스터 숫자가 대폭 늘어났다.

제아무리 마몬의 시기가 도래했다지만 이런 현상은 보

고된 적이 없었다.

"계속해 토벌하기가 어려운가?"

"대다수가 하위 몬스터라 토벌은 진행하고 있습니다. 하지만 상위 몬스터 무리가 늘어난다면 어렵습니다."

그 말은 토벌중인 부대를 물려야 한다는 뜻이었다.

"굳이 위험을 감수할 필요는 없지. 부대를 물리게."

갑자기 몬스터 무리가 늘어나자 영지군이 당황했다.

안전하다고 판단한 지역까지 몬스터가 자리 잡는다면 토벌중인 부대가 고립될 수 있다.

결국 후퇴를 결정하는 말리였다.

＊　＊　＊

차원홀을 통해 전혀 다른 세상으로 오게 된 대근과 수하들.

김 부장이 그러했듯 감히 상상하지도 못할 색다른 경험을 했다.

창고에서 한순간에 동굴로 이동했고, 동굴에서 마주한 시커먼 덩어리를 만지자 영상으로만 접했던 우주를 여행했다.

마치 억만금의 시간을 보낸 것 같은 느낌에 현실감마저 들지 않았다.

하지만 오직 그들에게만 허락된 진귀한 경험이란 걸 모

르진 않는다.

지하공동에 도착하고서도 모두가 여운을 즐기듯 눈을 감은 채 한동안 미동이 없다.

"어때? 아주 색다른 경험이었지?"

테론의 말에 그제야 눈을 뜬 대근이 말없이 고개를 끄덕였다.

"이계인들이여! 그대들을 환영하노라!"

테론이 과장된 동작을 취하며 거창하게 환영인사를 건네고는 수하들을 인솔해 입구로 향했다.

"충! 기사님을 뵙습니다."

병사가 군례를 해오자 손을 한번 흔들어주는 테론이다.

영주 성 집무실.

몬스터 침공에 대비해 식량과 의약품, 담요 등을 창고에 보관한 후 집무실에 도착하자 아론이 기다리고 있었다.

"원로에 고생하셨습니다."

"아닙니다. 이번엔 나름 재미있었습니다. 특별한 일도 경험했고… 그보다 기다리고 계셨던 겁니까?"

"예, 급히 보고드릴 일이 있습니다. 먼저 이것을 읽어보시지요."

아론이 워커밀에 주둔 중인 영지군이 보내온 보고서를 내밀었다.

보고서를 읽어 내려가던 루이가 인상을 찌푸린다.

"이렇게 되면 몬스터 숫자를 줄이려던 계획에 차질이 생긴 게 아닙니까?"

"송구합니다. 아마도 예상보다 더 많은 몬스터가 몰려올 것 같습니다."

"흠… 기이한 현상이군요. 어쨌든 워커밀에 주둔중인 영지군을 물리는 게 좋겠습니다."

"허면 배치를 새로이 하는 건 어떻습니까?"

"아닙니다. 기존대로 각 성에 1개 중대씩 주둔시키세요."

아론이 우려를 표했다.

예상보다 많은 몬스터가 몰려온다면 영지군을 집중 시키는 게 옳았다.

더구나 영주 성을 지키는 병력이 너무 적다.

물론 영주 성 주변으로 네 개의 성이 방어하기에 직접 몬스터 무리와 맞닥뜨리지는 않았다.

허나 성을 지나치는 몬스터 무리도 존재하고, 그 숫자 또한 가늠하기 어렵다.

"이곳은 나와 헤론이 있지 않습니까?"

"헤론은 아직 미흡합니다."

자식 놈의 재능이 뛰어난 것은 맞지만 전투에 대한 경험이 부족한 것은 물론이고, 솔직히 무력 또한 미흡한 건 사실이다.

큰 도움이 되지 않는다.

루이가 웃으며 답했다.

"헤론이 깨달음을 얻은 지 제법 됐습니다. 온전한 5서클입니다."

"예에?"

아론이 크게 놀랐다.

어린나이에 4서클에 오른 것만 해도 대단하다.

게다가 헤론의 나이에 깨달음을 얻어 5서클에 오른 경우는 대륙 역사에도 흔치 않았다.

더구나 5서클에 올랐다는 건 고위마법사를 바라볼 수 있는 자격을 갖추었다는 뜻이다.

이대로 시간만 흘러도 6서클에 오르고, 거기에 다시 깨달음이 찾아온다면 7서클이라는 고위마법사가 된다.

대륙 전체를 뒤져봐도 7서클에 오른 고위마법사는 몇 되지 않는다.

당연하게도 고위마법사를 보유한 왕국은 주변을 아우를 정도로 강하다.

한데 그런 고위마법사를 헤론이 바라보게 됐다.

게다가 마주한 소영주는 이미 6서클에 오른 지 오래.

이제 공작가도 고위마법사를 바라보는 자가 둘이다.

즉, 머지않은 미래에 타나리스는 대륙 제일가문이라는 위명을 되찾을 터.

대륙을 호령할 날이 가까워진 것이다.

그리고 헤론이 소영주와 함께 그 자리에 있을 터이니 아비로서 어찌 기쁘지 않겠는가.

아론의 표정이 활짝 펴진다.

5서클에 오른 헤론과 소영주가 함께 한다면 영주 성의 방비는 걱정하지 않아도 될 터였다.

"이거 자식 놈 덕분에 한시름 들었습니다."

"하하! 그것만이 아닙니다. 이번에 테론이 데려온 자들 또한 모두가 마나를 다룹니다."

"예에??"

역시나 깜짝 놀란 표정이다.

각각의 목적(2)

마나를 느끼기 위해서는 친화력을 타고나야 하고, 자유자재로 다루기 위해선 재능이 뒷받침 되어야 한다.

결단코 기사나 마법사가 되는 게 쉬운 일은 아니다.

한데 영지에서 보유한 기사단의 숫자만큼이나 되는 자들이 테론과 함께 왔다.

영지군의 전력이 급상승한다는 뜻이다.

그런데 이상했다.

"저쪽 세상엔 마나를 다루는 자가 존재하지 않는다고 말씀하셨지 않습니까?"

"물론 그랬지요. 헌데……."

이번에 겪었던 일을 설명했다.

더구나 테론이 창안한 비법으로 일반인이 마나를 다루게 됐다는 말에 아론이 경악한 표정을 지었다.

"정말이십니까?"

웃으며 답했다.

"예. 영지군도 마나를 다루는 초인으로 만들 수 있다는 겁니다."

"어찌 그런……."

허나 비법이 알려진다면 오히려 영지가 더 큰 위험에 처할 수 있다.

아쉽지만 당분간은 묻어두는 게 좋다.

아론도 동의했다.

작금의 대륙은 그야말로 대혼란 시대.

황제의 권력이 약화되면서 힘을 가진 자들이 너도나도 왕국을 건국했다.

이런 시기에 초인을 대량으로 양성한다면 세력의 판도마저 바꾸어버릴 터였다.

타나리스가 그러한 비법을 가지고 있다는 게 알려진다면 힘을 가진 자들에 의해 영지는 갈기갈기 찢겨질 것이다.

"둘째 놈에게 다시 한번 주지시키겠습니다."

"예. 부탁드립니다."

거칠 게 없는 테론도 아버지만큼은 무서워하기에 틀림

없이 자중할 것이다.

게다가 아론이 이렇게 나서는 것도 두 자식 놈을 걱정해서다.

대륙의 역사를 살펴보면 뛰어난 재능을 보인 가신의 말로는 좋지 않았다.

"소영주님께서 자식 놈들을 잘 이끌어 주십시오."

"이미 나와는 목숨을 나눈 사이라고 말씀드리지 않았습니까?"

아론이 염려하는 것을 모르진 않는다.

"헤론과 테론의 재능이 나를 능가한다면 더욱 재능을 발하게 해 대륙의 역사에 길이 남도록 만들겠습니다. 가문의 명예를 걸고 약속드리겠습니다."

"…감사합니다. 소영주님."

아론이 깊이 허리를 숙이자 황급히 제지했다.

헤론과 테론은 물론이고, 아론 또한 영지를 위해 얼마나 많은 일을 해왔는지 모르지 않았다.

그런 가신이 근심을 가진다는 건 있어서는 안 되는 일이다.

"오히려 감사를 드려야 할 자는 접니다. 그러니 행여라도 그런 마음을 가져서는 안 될 겁니다."

아론의 마음을 가벼이 해준 후, 다시금 의견을 나누었다.

아론은 헤론이 5서클에 올랐다는 것과 테론이 데려온

자들 또한 마나를 다루는 강력한 전력이라는 말에 더는 영주 성의 방비를 걱정하지 않았다.

예정대로 아론은 테라모어 성, 말리 부단장은 옹크루 성, 선임기사 클레이는 몬타나 성, 기사 로이드가 뮬란 성을 방비키로 했다.

각 성은 현대식 무기로 무장한 중대 규모의 영지군이 지키게 된다.

물론 몬스터 범람이 시작되면 주변에 거주하는 영지민 또한 성으로 대피하고 싸울 수 있는 자들은 모두 전투에 투입된다.

운용할 수 있는 병력이 크게 증가한다는 뜻이다.

"절대 성 밖으로 나가서 싸우는 일은 없어야 할 겁니다."

"심려 마십시오. 소신들은 이미 마몬의 시기를 경험했습니다. 절대로 무리한 행동을 하지 않을 겁니다."

아론이 방비키로 한 테라모어는 영주 성으로 들어오는 주요 길목에 위치한다.

안드리스 산맥과 지척에 있어 가장 많은 몬스터가 몰릴 것으로 예상되었다.

당연히 치열한 전투가 벌어질 것이다.

게다가 영지군이 현대식 무기로 무장했다지만, 화기의 운용에 대한 폭넓은 지식과 노하우가 부족하다. 거기에 대규모 무리와의 전투경험 또한 없다.

우려가 되지 않는다면 거짓이다.

그래서 아론의 생각과는 다르게 대근을 비롯한 조직원 모두를 테라모어로 보내기로 결정했다.

모두가 병역을 필한 자들이다.

화기운용에 관한 제반 지식은 물론이고, 매년 거듭되는 수차례 훈련으로 전술에 관한 노하우마저 풍부할 터, 영지군에 큰 도움이 될 것이 명백했다.

물론 테론도 함께할 것이다.

그리고 영주 성에 남아 있는 채 백명도 되지 않는 영지군은 지원부대로 편성했다.

네 곳 중 어느 한곳이라도 뚫린다면 영주 성마저 대규모 몬스터 무리와 맞닥뜨리게 된다.

사전에 대비하는 게 합당하다.

가장 강력한 무력을 지닌 루이 또한 마찬가지다.

영주 성을 기점으로 네 성을 오가며 몬스터와 전투를 치러야 한다.

그렇게 결정이 내려졌다.

워커밀에 주둔한 영지군에게 이동 명령이 떨어지고, 식량과 의약품 등 저쪽 세상에서 가져온 물건들 또한 각 성으로 옮겨졌다.

마몬의 시기를 맞이할 준비가 끝난 것이다.

"허면 소신 또한 출발하겠습니다."

"예. 항상 조심하시고요."

아론이 미소를 지어보이며 군례를 올린 다음 집무실을 나갔다.

든든한 뒷모습을 보니 테론이 겹쳐 보인다.

아론이 떠나고 얼마 후 에반스가 어머니께서 찾는다는 소식을 전해왔다.

곧장 어머니에게 향했다.

"루이입니다."

"들어오너라."

어머니께서 찾은 이유는 황도를 출발한 황녀 일행이 곧 도착한다는 소식이 당도했기 때문이다.

일전에 말한 가신 가문과의 문제를 파악하고자 오는 것일 테지만, 한편으로는 어이가 없었다.

아무리 몬스터조차 본적이 없을 정도로 구중심처에 산다지만, 작금의 대륙이 처한 상황을 어찌 모른단 말인가.

더구나 타나리스는 그야말로 최악의 장소, 인간이 벌이는 전쟁보다 더욱 참혹한 전쟁이 기다리는 곳이다.

하필 이런 시기에 황녀 일행이 도착한다니… 솔직히 황당했다.

호위 규모가 대단하던지, 그도 아니면 생각 자체가 없는 황녀일지도 모른다.

허나 타나리스 가문을 위해 먼 길도 마다하지 않은 만큼 최상의 예를 갖추어 맞이할 수밖에 없었다.

"허면 마중을 나가겠습니다."

"그리하거라."

* * *

각성의 시기가 끝나가자 안드리스 산맥이 들썩이기 시작했다.

우우우.

꾸우우.

조용하던 숲은 밤낮없이 괴성이 들려오고, 몬스터의 움직임에 놀란 날짐승들이 둥지를 떠나 쉼 없이 날아다닌다.

몬스터 웨이브가 다가왔다는 뜻이다.

안드리스 산맥을 가로지르는 가우린 협곡을 지나면 수많은 종류의 몬스터가 서식하는 글레이드 늪지가 나온다.

주변 경계를 소홀히 한다면 곧바로 몬스터의 한 끼 식사로 전락할 정도로 위험하다.

특히나 위험한 놈은 늪지의 제왕으로 알려진 악어형 몬스터로 긴 주둥이 끝에 코뿔소처럼 커다란 뿔이 솟아 있었다.

덩치를 이용한 맹렬한 돌진과 강철도 씹어 먹는 단단한 이빨은 지나가는 마차를 가볍게 파괴할 정도로 강력하

고, 네 발로 뛰는 속도마저 무시할 수 없는 상위 몬스터
다.

  게다가 몸뚱이를 두른 가죽은 오러가 아니면 베어지지
도 않는 견고함을 자랑했다.

  "야! 다시 방패로 막아봐."

  "쓰벌! 아까 봤지 않습니까? 저놈 돌진 두번 막다간 제
손목이 아작 납니다."

  "그래서 못하겠다는 거야?"

  "그냥 도망칩시다, 좀."

  "저놈 가죽이 얼마나 비싼 줄 몰라? 귀해서 구하기도
힘들어."

  "쓰벌! 가죽 땜에 사람 죽겠네."

  "뭐라 그랬어?"

  "어휴! 아닙니다."

  "야! 온다온다. 준비해."

  쿵쿵쿵쿵.

  고개를 좌우로 크게 흔든 늪지 악어가 돌진하자 사내가
방패를 들고 마주했다.

  쾅아앙.

  악어 주둥이와 방패가 부딪히자 마치 폭발이 일어난 듯
굉음이 울리고, 막아선 사내가 허공을 날아 처박힌다.

  그 순간 늪지 악어의 움직임이 둔화되고 잠시의 틈을 타
빠르게 접근한 여인이 놈의 입속에 대검을 꽂아 넣었다.

그러고도 부족한지 강력한 발차기로 다시 한번 악어 주 둥이를 가격하자 팔뚝만한 이빨이 사방으로 비산한다.

"아우! 손목이 나갔잖습니까?"

한참을 날아 처박힌 사내가 표정을 찡그리며 다가왔다.

"야야! 그래도 잡았잖아. 이거 완전히 상등품이야."

사내의 부상은 아랑곳없다는 듯 축 늘어진 악어를 보며 아주 만족해하는 여인이다.

"마차도 부서지고 말도 죽었는데 어떻게 가져가시렵니까?"

"가져가긴 뭘 가져가?"

"설마 이곳에서 가죽을 벗기시려고요?"

"당연하지. 몬스터 가죽이야 여인네 옷 벗기는 것보다 쉽지. 안 그래?"

"그야……."

여인이 축 늘어진 악어를 뒤집고자 용을 썼지만 5미터 가 넘는 몸뚱이다.

뒤집어질 리가 없다.

"내가 뒤쪽을 뒤집을 테니 넌 대가리를 잡고 뒤집어."

"전 지금 한손밖에 못 쓰는데요?"

"한손이면 충분해!"

한손이라도 마나를 다루는 기사다.

둘이 동시에 힘을 주자 거대한 악어가 뒤집어지고 붉은

줄무늬가 선명한 하얀 뱃가죽이 햇빛을 받아 반짝였다.

뿌듯한 표정을 지은 여인이 손을 내민다.

"왜요?"

"뱃가죽 갈라야지."

"제 검이 무두용 칼입니까?"

사내는 불만을 내비치면서도 검을 건넨다.

여인이 역수로 검을 잡고는 악어 목덜미에 꽂아 넣었다.

그리고는 단번에 검을 그어 악어 배를 갈랐다.

검을 감싼 선명한 아지랑이가 유난히 일렁인다.

＊　＊　＊

몬스터 웨이브에 대비해 가까운 성으로 피난하라는 영주령이 내려지면서 터전을 떠난 영지민의 이동이 시작됐다.

취사도구를 비롯해 추위를 이겨낼 담요와 식량을 짊어진 영지민의 행렬이 끝없이 이어졌다.

그리고 그들 틈에 섞여 키보다 큰 대검을 걸친 여인과 자신의 덩치만큼이나 되는 거대한 악어가죽을 등에 멘 사내가 테라모어에 도착했다.

정해진 구역으로 영지민을 안내하던 병사가 고개를 갸웃거린다.

마몬의 시기가 지나갈 때까지 적어도 보름 이상, 길게는 한달을 성에서 지내야 한다.

물론 식량을 비롯해 담요 등이 지급되지만 당연히 취사도구만큼은 스스로 준비하라는 게 영주령이었다.

헌데 여인은 가죽갑옷을 착용한 채 대검 외에는 아무것도 지니지 않았다.

동행한 자도 마찬가지로 가죽갑옷에 장검과 방패만 착용했다.

게다가 악어가죽을 둘러멘 게 전부, 영지민이 아니라는 뜻이다.

"용병이십니까?"

몬스터 웨이브에 대비해 대다수 영지가 용병을 구하기에 당연히 타나리스도 그럴 거라 생각했다.

"예. 용병등록을 해야 하는데 행정관이 어디에 있나요?"

"이곳에서 조금만 기다리면 기사분이 오실 겁니다. 그분께 여쭤 보겠습니다."

그러자 병사의 대답이 못마땅한 듯 악어가죽을 둘러멘 사내가 나섰다.

"이분은 황도에서 오신 황녀님이시다. 속히 상급자를 불러와라."

뜻밖의 말에 병사가 당황했다.

허나 그것도 잠시 이내 시큰둥한 표정을 짓는다.

황녀가 시종도 없이 고작 용병 하나를 데리고 움직인다는 건 말이 되지 않는다.

게다가 몬스터와 싸웠는지 피가 덕지덕지 붙은 갑옷은 누가 봐도 용병임이 틀림없다.

"예끼! 이 사람아! 농을 하려면 정도껏 해야지."

오히려 농으로 받아들이는 병사다.

"호호! 맞아요. 얘가 가끔씩 어줍잖은 농담을 잘해요. 저기서 기다리면 되죠?"

여인이 사내를 이끌고 한쪽 구석으로 향했다.

"아니, 황녀님 뭐하시는 겁니까?"

사내가 못마땅한 표정으로 따라오고.

그런 사내를 보며 여인이 어이없다는 듯 혀를 찬다.

"쯧쯧! 우리 꼬라지를 봐. 이 모습으로 황녀 놀이를 할 수 있겠어?"

"우리 모습이 어때서… 쩝, 그러네요. 그렇게 왜 그 짓을 벌여 마차도 부수고 이 모양이 되도록 만듭니까?"

"이미 지나간 일이니 잔소리 좀 그만하자. 응?"

둘이 티격태격할 때 병사의 말대로 일단의 무리가 도착했다.

영지민의 이동상황을 점검하던 아론이었다.

"용병이 왔다고?"

병사의 보고를 듣고 난 아론이 한쪽 구석에 앉아 있는 여인과 사내를 바라본다.

사내도 그렇지만 특히나 여인에게 시선이 멈췄다.

　'강자군.'

　아론이 본 사내는 상급의 단계에 이른 자였다.

　게다가 여인의 경지는 가늠조차 어렵다.

　그렇다면 아론과 마찬가지로 이미 상급을 지나 최상급의 경계에 발을 걸친 자다.

　저런 자가 용병일 리는 없다.

　"영지의 기사단을 이끄는 아론입니다. 귀인들께서 이곳을 방문하신 연유가 무엇입니까?"

　아론이 예를 갖추어 정중히 묻는다.

　그러자 사내 또한 진중한 표정으로 예를 갖추었다.

　"저는 삼황녀님을 모시는 레오라 합니다."

　레오의 답에 아론은 곁에선 황녀를 바라보았다.

　삼황녀 아넬리아.

각각의 목적(3)

 비록 여인으로 태어났지만, 황제의 자식들 중에서 가장 무위가 뛰어나고 성격마저 호탕해 황궁기사단의 절대적 인 지지를 받는다.

 때때로 호위도 없이 대륙을 돌아다니며 검술 행에 나서 기도 해 황가의 사람들 중에서 가장 유명했다.

 삼황녀의 모습은 소문과 다르지 않았다.

 알려진 대로 간편한 가죽갑옷을 착용했고, 대검을 들었 다.

 게다가 호위로 단 한명의 기사만 대동한 채 영지를 방 문했다.

더구나 스스로의 무위를 입증하듯 마차를 덮친 상위 몬스터까지 죽이고 가죽을 벗겨왔다.

"황녀님을 뵙습니다."

아론이 극상의 예를 갖추자 함께 온 기사들 또한 한쪽 무릎을 꿇었다.

"황녀님을 뵙습니다."

"환대해 주셔서 고마워요. 모두 일어나세요."

황녀가 만족한 표정을 지었다.

"소장이 소영주께 소식을 전하겠습니다."

"소영주가 이곳에 계신가요?"

"그렇습니다. 황녀님께서 곧 도착하신다는 소식을 받고 이곳에서 기다리고 계셨습니다."

황녀가 고개를 끄덕였다.

영주 성이 아닌 이곳까지 마중을 나왔다는 건 최소한의 예를 갖추었다는 뜻이다.

"소영주는 나중에 만나도록 하죠. 그보다 좀 씻을 수 있을까요?"

척 봐도 이곳으로 오는 동안 몬스터와 드잡이질을 했다는 걸 알 수 있었다.

무엇보다도 황녀에게 필요한 건 편안히 쉴 수 있는 장소였다.

"아…! 송구합니다. 소장이 안내하겠습니다."

"예. 신세를 질게요."

아론이 황녀를 안내하는 동안 루이에게 황도에서 삼황 녀가 도착했다는 소식이 전해졌다.

뜻밖이었다.

황녀 일행이 도착한다는 소식을 받기는 했지만 아넬리 아가 올 거라곤 생각하지 않았다.

대륙에 퍼진 삼황녀의 기행을 어찌 모르겠는가.

오히려 널리 퍼진 소문이 과연 진실일지 더욱 궁금해졌 다.

그리고 그날 저녁 만찬을 통해 루이는 아넬리아와 마주 앉았다.

"먼 길을 오시느라 고생하셨습니다."

"고생은요. 매번 바깥을 돌아다니다 보니 힘들 것도 없 습니다. 그보다 이곳에 오기 전에 잠시 성을 둘러봤습니 다."

황녀가 이채롭다는 눈빛을 보냈다.

아마도 영지군의 무장을 살펴본 것 같았다.

검이나 창이 아닌 소총이라는 현대식 무기다.

게다가 전시상황이라 모두가 착검한 상태. 창처럼 보일 수도 있다.

그것을 봤다면 틀림없이 궁금증이 일어났을 것이다.

"이번에 새롭게 보급했는데 생각보다 효용성이 뛰어난 무깁니다."

"그런가요? 제가 보기엔 길이도 짧고 손잡이도 불편해

보이던데.”

“바로 보셨습니다. 근접전투를 벌이기에는 다소 불편한 게 사실입니다.”

“그 말씀은 원거리용 무기라는 건가요?”

설명 대신에 미소로 답했다.

그 뜻은 영지군이 가진 무기의 비밀이라는 뜻.

아넬리아도 더는 묻지 않았다.

잠시 어색한 침묵이 흐르자 곧바로 다른 주제를 꺼내는 아넬리아다.

만찬에 사용된 식기며 포크와 나이프, 스푼, 거기에 냅킨을 눈여겨 본 것이다.

“폐하께서는 일황자 로렌을 이곳에 보내고자 하셨지만, 제가 자청했습니다.”

뜻밖의 이야기였다.

연유가 궁금하다는 표정을 지어보이자 아넬리아의 답변이 이어졌다.

“이것들이 궁금했기 때문입니다.”

아넬리아가 포크와 나이프를 들어보였다.

당연했다.

만찬에 사용된 물품은 이미 타나리스에서 판매하는 상품들로, 기존에 사용하던 제품들과는 비교조차 할 수 없다.

마치 오러를 사용해 자른 것 같은 매끈한 면을 가졌을

뿐만 아니라 유난히 광택까지 났다.

물론 기사들이 그런 짓을 할리도 없거니와 마나를 다루는 기사가 이런 제품을 만들었다고는 생각하지 않았다.

게다가 이제까지 본적도 없던 수많은 종류의 물품이 쏟아져 나오고 하나같이 상등품이었다.

당연하게도 타나리스는 물론이고 대륙 어느 곳에도 이러한 물건을 만들 수 있는 시설은 없다.

그렇다면 이곳에 알지 못하는 무언가가 있다는 뜻이다.

아넬리아가 스스로가 자청해 타나리스를 방문하게 된 이유였다.

올 것이 왔다.

다행스럽게도 마주 앉은 아넬리아는 황가의 핏줄, 그 누구보다 타나리스 가문을 위해주는 곳이다.

허나 아직은 가진 힘이 없다.

그 누구도 믿어서는 안 된다는 뜻.

설사 황제가 직접 온다 해도 다르지 않다.

"안드리스 산맥에는 알려지지 않은 장인종족이 살고 있습니다. 그들은 스스로를 우버랄드 부족이라 일컫습니다."

온갖 몬스터가 살아가는 더 넓은 안드리스 산맥을 모두 뒤질 순 없다.

이럴 경우에 대비해 사전에 생각해둔 답변이다.

역시나 온전히 믿는 표정은 아니다.

아넬리아 또한 장인종족이 만든 제품을 사용해 봤을 터, 아마도 사용하는 대검도 장인족이 만든 것일 수 있다.

허나 어쩌랴.

우버랄드 부족을 찾아내지 못한다면 거짓이라는 걸 증명할 방법이 없다.

그래도 불과 대장장이의 후예를 내세우니 조금은 납득이 간다는 표정 또한 지어 보인다.

그리고는 재차 손에 쥔 포크와 나이프를 바라본다.

"인간의 손재주로 이런 제품을 만들 순 없겠지요."

"그들이기에 가능한 게 아니겠습니까?"

답하면서 와인이 담긴 잔을 들어 보이자 아넬리아가 살며시 고개를 끄덕인다.

이제는 대화주제를 바꿔줄 때다.

그래서 호위기사가 들고 온 악어가죽을 주제로 삼으며 이곳이 위험하다는 사실을 주지시켰다.

"아시다시피 곧 몬스터 웨이브가 일어날 겁니다. 내일 영주 성으로 모시겠습니다."

"아니에요. 저도 이곳에서 백성들과 함께 싸우겠습니다."

원하는 목적은 황녀를 영주 성에 처박아두는 것이었지만, 예상하지 못한 답변에 인상을 찌푸리고 말았다.

"걱정 마세요. 제 몸뚱이 정도는 스스로 지킬 수 있습니다."

아넬리아가 마몬의 시기를 택해 영지를 방문한 또 다른 이유였다.

직접 마몬의 시기를 겪으면서 백성들이 받는 고통을 알고자 한 것이다.

군주로서 가져야 할 자질. 황녀의 모습이 새롭게 다가왔다.

만약 황자로 태어났더라면 분명히 황가의 부흥을 외칠 만한 그릇이었다.

한데 그렇게 생각하는 순간 매번 검술 행에 나서는 황녀의 행동에 의심이 가는 건 뭘까.

만약에 아넬리아가 목적이 있어 검술 행에 나섰다면, 그런 와중에 타나리스가 판매하는 제품들을 보게 됐다면…….

이렇게 생각하니 아귀가 딱 맞아 떨어진다.

'설마 황녀의 신분으로 황제 위를 바라보는 건가?'

물론 예측일 뿐이다.

대륙의 역사에도 여황제는 존재했기에 황녀 또한 황제 위에 오르지 못할 이유는 없다.

그렇다면 아넬리아에게 필요한 게 뭘까?

대륙 최고의 힘을 가지기 위해선 많은 게 필요하지만, 가장 먼저 군주로서의 자질을 갖추어야 한다.

군주의 자격.

인재들을 따르게 할 첫 번째 덕목이다.

더구나 황제 위에는 홀로 오를 순 없는 법.

특히나 강력한 세력을 가진 효웅들이 할거하는 작금의 난세에는 더욱 그랬다.

황녀가 검술 행에 나섰던 연유 또한 인재를 구하기 위한 행보였을 것이다.

다음으로 필요한 게 자금이다.

흑자들은 기사의 도리, 병사들의 충을 외치지만 그것은 현실과 동떨어진 주장이다.

지치고 배고픈 자들에게 필요한 건 배부르게 먹을 수 있는 음식과 지친 몸뚱이를 누일만한 장소였다.

당장에 타나리스만 봐도 그랬다. 가세가 기울자 많은 이들이 떠나지 않았던가.

아넬리아가 자청해 이곳에 온 이유가 드러난다.

오래지 않아 타나리스가 대륙의 부를 움켜지리라 판단했기 때문일 터, 이곳에서 자금을 얻고자 했을 것이다.

거기에 마몬의 시기를 이용해 하나를 더 얻고자 했다.

민심.

백성들과 함께하며 몬스터 무리에 맞서 싸운다.

소문은 발보다 빠르고 여론이 형성되면 가장 무서운 칼이 된다.

'치밀하네.'

사실이라면 이렇게 생각할 수밖에 없다.

결국 아넬리아는 목적을 위해 영주 성이 아닌 이곳, 테라모어에 남겠다는 뜻이었다.

이렇게 되면 영지 입장에선 너무 이른 시기에 가진 무력을 드러내게 된다.

그리고 아넬리아는 애초에 목표한 금력과 더불어 무력까지 얻고자 할 터, 적당한 시기에 속내를 내비칠 것이다.

시간적인 여유는 충분하다.

영지에서 가진 것을 내어주게 된다면 황녀로부터 그 이상의 것을 얻어야 하지 않겠는가.

"뜻대로 하십시오."

"고마워요."

한순간 황녀의 표정에 미소가 맺혔다가 사라진다.

추측에 더욱 힘이 실리는 순간이었다.

황녀도 느꼈음인지 더 이상은 의미 있는 질문을 건네지 않았다.

그렇게 소소한 이야기를 주고받으며 만찬을 즐겼다.

영지민의 이동이 끝나자 테라모어는 옮겨 다니기 힘들 정도로 비좁아 졌다.

게다가 숙소로 사용하고자 저쪽 세상에서 가져온 텐트를 쳐두었기에 이동로를 제외하곤 조금의 틈조차 없었다.

허나 테라모어와는 다르게 영지민의 터전은 고요하기 그지없다.

그렇게 폭풍전야와 같은 이틀이 지나자 몬스터가 내지르는 괴성과 함께 산맥이 들썩였다.

마침내 몬스터 웨이브가 시작된 것이다.

"성문은 어떻습니까?"

"두터운 강철을 여러 겹으로 덧댔습니다. 염려하지 않으셔도 될 겁니다."

성문에 신경 쓰는 이유가 있다.

괴수거미처럼 성벽을 타고 오르는 놈들도 있지만, 대다수 몬스터가 성문으로 몰리기 때문이었다.

놈들도 성문을 부순다면 인간들을 쉽게 죽일 수 있다는 걸 본능적으로 알았다.

"곧 시작될 것 같습니다."

아론의 말대로다.

마치 거센 폭풍이 휘몰아치는 듯 숲 전체가 요동치기 시작하더니 '우지직' '빠지직' 굵은 나무둥치가 송두리째 부러졌다.

"전투준비!"

마나를 담은 우렁찬 목소리가 테라모어에 울려 퍼지고.

크아아.

쿠우우.

카르르르.

동시에 몬스터가 괴성을 내지르며 숲을 빠져나오기 시
작했다.

영지민이 웅성거린다.

이미 숲을 빠져나온 몬스터조차 헤아리기 힘들다.

그럼에도 뒤따르는 몬스터의 끝이 보이지 않는다.

"세상에!"

"저걸 어떻게 막아!"

주어진 목창을 손바닥이 으스러지도록 쥐어보지만, 일
어나는 두려움과 절망을 이겨내긴 힘들었다.

털썩.

어떤 이는 그대로 주저앉아 멍한 표정을 짓는다.

압도적인 규모 앞에 이미 싸울 전의마저 잃어버린 것이
다.

"움마야! 저게 다 몬스터야?"

"흐미! 졸라 많습니다."

강철파 조직원들도 놀라기는 마찬가지다.

그러나 몬스터를 대하는 자세만큼은 영지민들과 달랐
다.

"대충 세 봐도 일만은 넘어 보이네."

"숫자만 많으면 뭐해? 저렇게 몰려오면 죄다 통구이가
될 건데."

"하긴. 화기 앞에 숫자는 무용지물이지. 근데 저놈들도 마석을 줄까?"

"두말하면 잔소리지. 흐흐흐."

오히려 몰려오는 몬스터를 노다지로 바라본다.

화약무기의 우수성을 알기에 그저 숫자만 많을 뿐 별거 아니라는 생각을 가진 것이다.

"자자! 잡담은 그만. 놈들이 사정거리에 들어온다. 모두 준비해!"

대근이 수하들을 다독이자 일사분란하게 포각을 조정하고 때를 같이해 아론의 커다란 외침이 들려왔다.

"발포하라!"

"모두 죽여라!"

마침내 몬스터와의 전투가 시작됐다.

몬스터가 내달리자 대지가 비명을 내지르듯 뿌연 먼지가 일어났다.

망루에서 성 밖을 바라보는 아넬리아의 표정이 어둡다.

다가오는 몬스터 무리는 마치 시커먼 파도가 밀려오는 것 같은 착각을 일으키게 한다.

예상한 것보다 훨씬 더 많은 몬스터였다.

게다가 더 큰 문제는 테라모어에 주둔한 영지군의 규모다.

물론 수천에 달하는 징집병도 있고, 게 중엔 용병이나

병사로 근무했던 자도 있지만 정규군에 비할 바는 아니다.

그럼에도 테라모어에 주둔한 영지군의 규모는 고작 이백에도 미치지 못한다.

'저렇게나 많은 몬스터를 도대체 무슨 수로 막아내겠다는 거지?'

소영주의 대응이 이해가지 않았다.

보유한 영지군의 규모가 저러하다면 당연히 집중이 필요하고, 자신이라면 영주 성에 모든 병력을 집중시켰을 것이다.

사정이 이러하니 영주 성으로 가지 않은 게 후회될 정도였다.

아니, 타나리스가 보유한 군사력이 고작 이 정도였다면 마몬의 시기만큼은 다른 곳에서 보내는 게 옳았다.

'어휴! 너무 서둘렀어.'

허나 이미 왔으니 돌이킬 순 없다.

황녀의 제안(1)

  우선은 죽이 되던 밥이 되던 최선을 다해 싸워보고, 정여의치 않으면 물러나면 그뿐이었다.

  최소한 스스로의 목숨은 지킬 자신이 있다.

  그때.

  "전투준비!"

  마나를 담은 아론의 웅장한 외침이 들려온다.

  그리고 얼마 후.

  "발포하라!"

  "모두 죽여라!"

  공격명령이 내려졌다.

쿵쿵쿵쿵.

동시에 큰 굉음을 내뱉으며 일렬로 늘어선 영지군의 무기가 불을 뿜었다.

도무지 쓰임새조차 짐작하지 못해 궁금증이 일어났던 무기였다.

무기를 사용하자 매캐한 연기와 함께 무언가를 태우는 것 같은 냄새가 코를 찌른다. 그리고는.

쿠아앙!

콰아앙!!

콰콰콰앙―!!

천지를 뒤흔드는 광음이 울리고 엄청난 폭발이 대지를 태웠다.

꾸웨엑―!

캐에엑―!

선두에서 내달리던 몬스터가 순식간에 휩쓸렸다.

소형 몬스터가 통째로 하늘을 날아다니고 팔다리가 떨어진 몬스터가 바닥을 뒹굴며 고통에 몸부림친다.

"세, 세상에!"

아넬리아는 너무나 놀란 나머지 혼잣말을 내뱉었다.

한 무리의 몬스터가 사라지는 건 한순간이었다.

마치 수십명의 마법사가 화염덩어리를 날려 공격하는 것과 다르지 않았다.

아니, 오히려 더욱 강력했다.

게다가 마법과는 다르게 날아가는 화염구도 보이지 않는다.

오롯이 대기를 가르는 기괴한 소리만이 들려올 뿐이다.

더구나 더욱 놀라운 사실은 끝없이 폭발이 이어진다는 것.

몬스터가 달려오는 대지가 온통 불타올랐다.

감히 상상하지도 못할 엄청난 위용을 보여주는 무기와 마주한 순간이었다.

놀람과 경악, 그리고 진한 흥분이 아넬리아를 휩쓸었다.

그러나 불타는 대지를 가로질러 가깝게 다가오는 몬스터는 여전히 존재했다.

하지만 예상했던 규모보다 월등하게 줄어든 숫자였다.

저 정도라면 능히 막아내고도 남을 터, 흥분을 가라앉힌 아넬리아가 대검을 고쳐 잡았다.

허나 마나를 가득담은 아론의 목소리가 또다시 울렸다.

"놈들이 다가온다! 쏴라! 모두 죽여라!!"

드르륵, 드르르르륵.

탕탕탕! 탕탕탕탕탕!!

이번에는 영지군이 보유한 또 다른 무기, 병사에게 듣기로 기관총과 소총이라 부르는 무기가 움직였다.

"하아……!"

안도의 한숨이 아니었다.

테라모어를 지키는 영지군의 무력은 그야말로 하늘을 놀라게 하고 땅을 움직이게 할 정도였다.

그 결과가 뻔히 드러났다.

강력한 영지군의 방어를 뚫고 성벽에 다가선 몬스터는 손가락으로 헤아릴 정도, 그마저도 징집병의 집중 공격을 받고 힘없이 죽어갔다.

주변을 둘러보는 아넬리아.

몬스터와의 전투가 시작되기 전에 겪었던 분위기와는 확연히 달라졌다.

겁에 질려 암울한 표정을 짓던 징집병은 언제 그랬냐는 듯 자신감에 불타올랐다.

영지군이 보여준 단 한번의 무력이 모든 것을 바꿔버린 것이다.

첫 번째 몬스터 웨이브를 막아내는 순간이었다.

그것도 피해가 전무한 상태로.

"와아아! 타나리스 만세!"

"와아아! 영지군 만세!"

영지민의 함성이 테라모어를 가득 채운다.

* * *

테라모어성 영주 집무실.

첫 번째 웨이브를 막아내고 서둘러 각 성의 상황을 확인했다.

예상대로 이곳의 전투와 크게 다르지 않았다.

말리 부단장이 있는 옹크루 성, 클레이가 지키는 몬타나 성, 로이드가 방어하는 뮬란 성 또한 큰 피해 없이 첫 번째 웨이브를 막아냈다.

보고서에 따르면 현대식 화기의 우수성이 입증된 전투였다.

사실 기대 이상의 성과였다.

각 성마다 다소의 인명피해가 발생하기는 했지만, 몬스터의 규모에 비한다면 피해라고도 할 수 없었다.

특히나 가장 많은 몬스터가 몰린 이곳에선 입은 피해가 전무했다.

현대식 화기의 우수함이 드러난 것이다.

기실 더욱 무서운 점은 영지군이 보유한 무력이 저쪽 세상에선 아주 기본적인 화력일 뿐이라는 것.

추후 더욱 강력한 현대식 무기를 도입한다면 진정으로 거칠 것이 없어 보였다.

"고생하셨습니다."

"하하! 저보다 이방인들의 공로가 가장 컸습니다."

아론이 대근을 바라보며 웃었다.

틀린 말은 아니었다.

대근을 비롯한 수하들의 포격은 영지군이 가하는 포격과 그 궤를 달리했다.

순식간에 포각을 조절할 뿐만 아니라, 발사 속도 또한 두 배 이상은 차이가 났다.

"경의 말이 맞습니다. 이번 전투의 공로자는 이방인들이지요."

"해서 소영주님께 요청할 사항이 있습니다."

"저들이 가진 포격술을 배우려는 겁니까?"

"역시 소영주님이십니다."

테론을 보니 슬쩍 입꼬리를 말아 올린다.

수하들이 공로를 인정받는 것도 모자라 아론 경이 배움을 청해왔기 때문이다.

이럴 땐 더더욱 자신감을 불어 넣는 게 좋다.

게다가 테론이 이끄는 강철파의 맹활약으로 몬스터를 쓸어버리지 않았던가.

"그건 내가 아니라 테론에게 부탁하시는 게 옳을 듯합니다."

"테론에게요?"

"예. 테론이 이방인을 이끌지 않습니까?"

"아……!"

아론이 짧은 감탄사를 내뱉었다.

일전에 만났을 때도 소영주는 같은 얘기를 했었다.

아론이 흐뭇한 표정으로 테론을 바라본다.

"아들, 가능하겠느냐?"

여느 때와는 다르게 정중히 요청하는 아론이었고, 아버지께 인정을 받았다는 사실에 더욱 입 꼬리를 말아 올리며 답하는 테론이다.

"당연합니다. 수하들은 제 말이라면 뭐든지 다합니다. 헤헤!"

"고맙구나."

아론의 시선이 더더욱 부드러워진다.

사실 몬스터 공격을 순조롭게 막아냈지만, 이제 첫 번째 웨이브가 끝났을 뿐이다.

앞으로도 얼마나 많은 숫자가 몰려올지 모른다.

그리고 웨이브가 거듭될수록 상위 몬스터의 공격이 이어지게 된다.

문제는 워커밀에서 봤듯 소총 사격으로는 오우거를 제압하기가 쉽지 않다.

물론 이번엔 소총과는 비교조차 안 되는 기관총과 박격포를 운용하기에 그때와는 사정이 다르긴 했지만, 우려되지 않는다면 거짓이다.

다만 확실한 건 오늘의 전투로 인해 영지군을 비롯해 징집병들의 사기가 크게 올랐다는 점이다.

비록 하위 몬스터가 주류였지만 무려 일만이 넘는 몬스터를 학살한 사실만큼은 변하지 않았다.

할 수 있다는 자신감. 이번 전투로 얻은 가장 큰 무기다.

그리고 오늘의 전투를 통해 아넬리아 또한 큰 충격을 받았을 터, 지금쯤이면 올 때가 됐다.

역시나 예상대로다. 약간 상기된 표정으로 집무실을 찾아온 아넬리아였다.

"피곤하실 텐데 쉬시지 그랬습니까?"

"한 게 없는데요."

하긴. 영지군의 집중된 포화를 뚫고 성벽에 도착한 몬스터는 얼마 되지 않았다.

그마저도 징집병들이 처리했으니 한 게 없다는 말이 옳았다.

"녹차로 하시겠습니까?"

첫 만찬에서 녹차를 내놨는데 상당히 만족스러워했기에 재차 권했다.

헌데 아넬리아가 잠시 망설이더니 살짝 홍조를 띠며 말한다.

"저… 혹시 커피는 없나요?"

"커피요?"

현재 대륙엔 향긋한 풍미를 자랑하는 커피가 타나리스 특산물로 알려져 있었다.

아넬리아 또한 커피를 마셔본 모양이었다.

특별한 손님이기에 저쪽 세상에서 가져온 가장 고급스러운 원두커피를 내놨다.

후루룩.

커피향이 코끝을 간지럽힌다.

"음… 풍미가 살아 있는 게 정말이지 감탄스럽네요."

"입맛에 맞는다면 따로 준비하겠습니다."

"고마워요. 한데 이 커피 말고 병사들이 마시는 커피는 없나요?"

"믹스커피요?"

"아…! 그게 믹스커피군요."

아넬리아가 찾는 건 영지군에게 보급되는 커피였다.

사실 가장 대중적인 입맛에 맞추어 만들어 낸 게 믹스커피다.

가격도 저렴하고 어디서나 즐길 수 있는 제품이기에 상업부에서 대량으로 판매하려는 계획을 세웠다.

다만 이쪽 세상의 입맛에도 맞아야 한다.

그래서 영지민을 대상으로 무료로 나눠주며 확인했고, 후에 영지군의 보급품에도 포함시켰다.

물론 결과는 대만족이다.

머지않아 타나리스표 '골드커피'가 대륙을 강타할 터였다.

믹스커피를 마시며 아주 만족한 표정을 짓는 아넬리아의 얼굴이 금화에 새겨진 초대 황제 안타시우스로 보이는 건 왜일까.

말없이 커피를 홀짝이던 아넬리아가 물었다.

"이건 판매하지 않는 제품인가요?"

"상업부에서 곧 시판한다고 들었습니다. 믹스커피로 준비하겠습니다."

별도로 준비한다는 말에 흐뭇해한다.

하긴. 공짜 싫어하는 사람 못 봤다.

"오늘 전투를 보고 무척 놀랐습니다."

커피를 한 모금 마시고는 잠시 맛을 음미하던 아넬리아가 찾아온 이유를 꺼낸다.

예상한 질문이었기에 살짝 고개를 끄덕여주었다.

"제가 이곳에 온 이유는 가신 가문과의 문제 때문입니다."

"알고 있습니다."

"헌데 전혀 걱정할 필요가 없어 보이는군요."

황제는 공작가에서 가신 가문과 맺은 군신관계를 철회한 것에 우려를 표했다.

오래전에 등을 돌린 가신 가문이 족쇄마저 벗어난다면 틀림없이 공작가와 척을 지리라 생각했다. 그래서 아넬리아를 보내 공작가의 의중을 듣고자 했고.

공작가에서 요구한다면 가신 가문이 요청한 공왕의 인장을 거절할 수도 있고, 그게 아니더라도 몇 년이고 늦출 순 있다.

"아직은 많이 부족합니다."

"시간이 얼마나 필요한가요?"

"2년이면 족합니다."

넉넉히 2년이라는 시간을 요구했다.

저쪽 세상과 연결 된지 어언 1년 만에 영지의 재정이 폭발적으로 증가했다.

이대로라면 현대식 무기로 무장한 일만의 영지군을 유지하는 것도 1년이면 가능하다.

허나 미래의 일은 알 수 없는 법. 여유를 가지는 게 좋았다.

"알겠어요. 2년을 벌어드릴게요."

"감사합니다."

"그리고 공부인께서 별도로 요청한 게 있어요."

"어머니께서요?"

"네. 공작님께서 많이 불편하신가요?"

"그렇기는 합니다만……."

'설마?'

아버지의 몸 상태를 확인하는 것을 보니 아마도 가주직의 승계를 요청하신 것 같다.

"마몬의 시기가 지나가면 가주직을 승계하셔야 합니다."

역시나 예상이 맞았다.

아버지를 대신해 영지를 관리해오고 있지만 여전히 소영주라 불린다.

즉, 영지의 주인이 아니라는 뜻이다.

허나 실질적인 영주의 권력을 행세하는 만큼 굳이 가주

직을 승계한다고 달라질 건 없었다.

더구나 향후 일년이 가장 중요한 시기다.

가주직을 승계하고자 먼 황도를 다녀올만한 여유가 없다.

"어려운 시기에 굳이 황도를 방문하실 필요는 없습니다."

"예?"

가신 가문과의 문제가 얽혀 있다.

이런 시기에 가주직을 승계하고자 오랫동안 영지를 비운다는 건 말이 되지 않는다.

황궁에서도 알고 있다는 뜻이다.

"가주직의 승계는 영주 성에서 이루어질 겁니다. 물론 폐하께서 인장을 내리셨습니다."

"배려에 감사드립니다."

다행히 황제가 호탕하게 넘어가 주었다.

"차후 영지가 안정되면 폐하께서 직접 만나고 싶다는 말씀을 전하셨습니다."

"그리하겠습니다."

"그런데……."

잠시 호흡을 가다듬는 아넬리아다.

"황실 기록을 보니 이런 구절이 있더군요. '황가는 타나리스 가문과 운명을 같이한다. 이는 초대 황제이신 안타시우스 대제께서 맹세하셨고, 마테우스 공작이 받아들였다.' 혹시 알고 계신가요?"

당연히 알고 있다.

가문의 시조이신 마테우스 공작은 천년 전 안타시우스 왕이 엘리안 제국을 일으키는데 가장 혁혁한 공을 세웠다.

제국이 안정기에 접어들자 막강한 중앙의 권력을 버리고 먼 변방으로 내려와 타나리스 가문을 일으켰다.

그리고는 '타나리스 가문은 황가와 운명을 같이한다.' 라는 가훈을 남겼다.

"알고 있습니다."

"소영주께서는 어찌 생각하시나요?"

어찌 생각하긴. 가훈대로 황실과 공작가가 사이좋게 몰락했지.

내심은 그러했다.

"글쎄요. 묻고 싶은 게 뭡니까?"

오히려 질문을 건네자 아넬리아가 잠시 침묵했다.

"오늘 타나리스 가문의 실체를 봤습니다. 머지않은 시기에 대륙을 호령하리라 생각했습니다."

바꾸어 말하면 공작가를 잠재적인 위협으로 간주한다는 뜻이다.

즉, 자신의 행보에 방해된다면 수단과 방법을 가리지 않겠다는 것과 다르지 않았다.

순간 오한이 들었다.

황녀의 제안(2)

"위험한 생각을 하시는군요."

"호호호! 그런가요?"

매우 굳은 표정으로 답하자 분위기를 환기하려는 듯 웃음으로 되묻는 아넬리아였다.

허나 이미 무거운 분위기를 되돌릴 순 없었다.

"황좌에 오른다면 제게 무엇을 주시겠습니까?"

너무 직설적인 질문을 건네서인지 아넬리아가 한동안 멍한 시선으로 바라본다.

커다란 눈망울만큼이나 눈두덩이가 두텁고, 진한 눈썹에 좌우 이마가 좁고 둥글다.

가만히 보면 훨씬 동안으로 보인다.

물론 상당한 미인임엔 틀림없지만 멍한 표정을 보니 뭔가 미묘한 느낌이 들었다.

"제가 너무 티 나게 행동했던가요?"

"아닙니다. 나름대로 고심했습니다."

사실, 황녀가 도착했을 때부터 생각을 거듭했다. 다른 이를 보내도 될 것임에도 황녀가 직접 걸음 한 이유가 있을 것이라는 이유에서다.

그래서 아넬리아의 행적을 나름대로 분석했다. 그리고 결론을 얻었다.

"소영주께서는 진정 무서운 분이셨군요."

"황녀께서는 더욱 치밀하신 분이시죠."

"호호호! 그런가요?"

"하하하! 송구합니다."

"그러시면 제 옆자리는 어떤가요?"

아넬리아가 훅 치고 들어왔기에 잠시 그 뜻이 이해되지 않았다.

"예?"

"제가 부족한가요?"

"아……!"

옆자리까지 내어주겠다는 것은 원하는 모든 걸 들어주겠다는 뜻이다.

반드시 타나리스를 얻겠다는 확고한 의지의 표현이고.

"좋습니다. 황녀께서 황좌에 오르시도록 힘을 실어드리겠습니다. 그런 후 황실의 위상을 세우고 타나리스 가문의 위명을 되찾겠습니다."

서로 간의 미래를 건 거래가 성립됐다.

아넬리아는 향후 타나리스가 갖게 될 강력한 힘과 마르지 않는 부를 이용할 수 있게 됐고, 타나리스는 황실의 비호 아래 기반을 다질 수 있는 시간을 벌었다.

게다가 황실로부터 얻어낼 게 얼마나 될지 가늠조차 되지 않았다.

* * *

몬스터 웨이브는 5일 혹은 7일을 주기로 일어나기에 많게는 여섯 번, 적게는 네 번 정도 전투를 치른다.

물론 주기에 관해서는 밝혀진 게 없다.

그런데 통상적인 경우와는 다르게 타나리스로 몰려오는 몬스터의 주기가 짧았다.

그것도 사흘에 한번 꼴이다.

"이상하지 않습니까?"

아론이 의문을 표한다.

그러자 곁에 있는 아넬리아가 동의하면서 조심스레 의견을 냈다.

"문헌을 살펴봤는데 이런 경우가 없지는 않았어요."

뜻밖의 이야기.

"그래요? 이유가 뭐였습니까?"

"몰이죠."

"흠……."

"황녀님의 말씀이 일리가 있습니다."

아론이 워커밀에서 일어났던 일을 상기시켰다.

갑자기 늘어난 몬스터와 훨씬 더 짧아진 주기를 보면 충분히 의심이 가는 상황이었다.

워커밀에서 영지군이 겪었던 일을 듣고 난 아넬리아는 곧바로 단언해 버렸다.

"몬스터 몰이라니 재밌는 일을 벌였네요."

"가신 가문이겠지요?"

"그곳 말고 이런 일을 벌일 자들이 있나요?"

가신 가문이 일을 벌일 것이라는 건 예상하고 있었다.

다만, 그 시기가 황제로부터 공왕의 인장을 받고 난 다음일 거라 추측했다.

예상이 빗나갔다.

"하긴. 그들도 서두를 수밖에 없었겠죠."

"무슨 뜻입니까?"

그것도 모르냐는 듯 아넬리아가 커다란 눈망울로 바라봤다.

"타나리스가 대륙의 부를 쓸어 담는다는 걸 그들이 모를까요?"

"아……!"

"제가 아는 소영주가 맞나요?"

"……."

바보가 된 기분이다.

왜 그런 단순한 사실조차 생각을 못했을까?

"제가 조금 맹할 때가 있습니다. 그만 황녀 전하께 들켜버렸네요. 하하!"

"뭐, 그도 소영주가 가진 매력이죠. 호호호!"

거래가 성립된 이후부터 간간히 저런 방식으로 애정을 표현했다.

참 어렵게 사는 것 같다.

그보다 황녀의 주장이 사실이라면 가신 가문에게는 마몬의 시기가 호기인 건 맞다.

지금처럼 몰려오는 몬스터 규모라면 이전의 영지군은 결코 막아내지 못했을 테고, 수많은 영지민이 목숨을 잃었을 것이다.

아마도 영주성마저 몬스터 무리에게 짓밟히게 될지도 모른다.

그런 상황이 발생한다면 가신 가문은 영지민을 구제한다는 명분을 내세워 군사를 진군시킬 것이고 어렵지 않게 영주성에 발을 디딜 것이다.

아마도 어디선가 이곳의 상황을 지켜보고 있을 지도 모르겠다.

설령 그렇지 않더라도 마몬의 시기가 끝날 때쯤 이곳의 사정을 파악하려 할 것이다.

"남아난 게 없네요."

"안타까운 현실이지요."

성 밖을 보니 이미 영지민의 터전은 쑥대밭이 되어 있었다.

어두운 표정을 짓는 황녀였지만, 솔직히 재개발을 생각하고 있었기에 아까울 것도 없었다. 다만 대놓고 표현하지 못할 뿐이었다.

허나 저 광경을 본다면 누구라도 타나리스가 엄청난 피해를 받았다고 생각할 것이다.

가신 가문이 몬스터 몰이를 한 게 사실이라면 이런 기회를 놓치지 않으려 할 게 틀림없었다.

"군사를 이끌고 오겠군요."

아넬리아가 확신했고.

"아마도요."

나 또한 확신이 들었다.

꾸우우.

카아아.

삼일 째가 되자 어김없이 몬스터가 몰려오기 시작했다.

울창한 숲이 흔들리며 굵은 나무둥치가 곳곳에서 부러지고 '크아아!' 몬스터가 내지르는 포효가 온 숲을 진동시킨다.

"숫자가 많이 줄었네요."

아넬리아 말대로 처음과는 다르게 달려오는 몬스터 규모가 크게 줄었다.

"대신에 강력한 놈들이 많아졌습니다."

몬스터 웨이브가 거듭될수록 나타나는 현상으로 전투가 더욱 격해진다는 뜻이다.

반대로 말하면 마몬의 시기가 끝나가고 있다는 것이고.

쿠아앙.

콰아앙.

어김없이 영지군 최강의 무기, 박격포가 불을 뿜자 선두에서 달려오던 하위 몬스터들이 속절없이 쓸려나갔다.

허나 쏟아지는 포탄에도 불구하고 불타는 대지를 지나 빠르게 다가서는 몬스터의 숫자가 많아졌다.

올빼미 대가리에 곰의 몸뚱이를 지닌 아울베어를 비롯해, 바실리스크를 탈것으로 사용하는 리저드맨까지 나타났다.

게다가 중간 중간 크기가 5미터에 달하는 외눈박이 거인인 사이클롭스까지 보였다.

상급을 비롯해 최상급 몬스터가 등장한 것이다.

"저놈들은 포탄을 맞고도 그냥 달려오네요."

"아쉽게도 상위 몬스터일수록 치명상을 입히기 힘듭니다."

"분명한 한계가 존재하는군요."

"예. 하지만 영지군의 공격을 받은 만큼 오래 버티진 못할 겁니다."

"모처럼 제가 할 일이 생겼네요."

"이 기회에 확실히 민심을 잡아두세요. 기꺼이 응원하겠습니다."

"고마워요. 그럼 소영주께서 판을 깔아주셨으니 신나게 놀아볼까요."

아넬리아가 웃으며 등에 걸친 대검을 뽑아들었다.

그런 후 차분히 호흡을 가다듬고는 걸리적거리는 것들을 걷어차며 다가오는 사이클롭스를 바라본다.

"하압!"

그리곤 짧은 기합을 내지르며 5미터가 넘는 성벽을 뛰어내렸다.

* * *

아론의 부탁으로 대근과 조직원들은 박격포의 운용방법과 현대식 포병대의 전술을 가르쳐 주었고, 그 대가로 검술을 비롯해 마나로 검을 감싸는 운용의 묘리에 관해 배웠다.

특히나 체술에도 상당한 견식을 가지고 있던 아론은 대근이 펼치는 태권도를 보고선 곧바로 대련을 요청할 정도로 크게 흥미가 동했다.

물론, 마나를 사용하지 않고 순수한 육체적 능력만으로 대련을 벌였다.

결과는 대근의 완패.

순수한 육체적 능력뿐만 아니라 기술에서도 큰 차이가 났다.

더구나 아론이 가진 '이카르도'라 부르는 체술은 상대의 생명을 빼앗기 위한 실전무예로 애초에 태권도보다 더욱 치명적이었다.

대련을 끝낸 아론이 고개를 갸웃거렸다.

'음…. 이상한데.'

태권도는 고대 택견이라는 실전 무술에서 변형되어 상대를 살상하려는 목적보다는 건강을 유지하려는 일종의 생활체육형태로 발전했다.

위력을 크게 상실했지만, 그래도 무려 천년이 넘는 역사를 자랑한다.

동작의 완성도만큼은 아론이 가진 이카르도에 비해 전혀 뒤떨어지지 않았던 것이다.

즉, 아론이 보기엔 상대를 살상할 수 있는 치명적인 기술만 보완한다면 이카르도에 못지않은, 어쩌면 더욱 강력한 체술이 완성될 것 같았다.

그래서 대근이 보여주는 동작을 조금씩 변형해 더욱 치명적인 형식으로 바꾸어 보았다.

결과는 놀라웠다.

몇 번이고 반복을 거듭해 몸에 익힌 후, 마나를 활용해 태권도를 펼치자 마치 무협영화를 보는 것 같았다.

온몸이 무기였다.

주먹을 내지르고 발차기를 선보이자 강력한 기파가 발생하며 주변의 대기를 찢어버릴 듯 기운이 넘실거렸다.

"세상에!"

대근이 감탄했다.

아론이 선보이는 건 분명한 태권도지만 그 강력함에서 큰 차이를 보였다.

새로운 형식의 태권도가 탄생하는 순간이었다.

당연하게도 대근과 조직원들도 배웠다.

그러나 끝이 아니었다.

아론은 거기에 더해 동작을 취함에 있어 마나를 운용하는 방법까지 가르쳐 주었다.

약간은 변형된, 오로지 상대를 살상하기 위한 강력한 체술을 강철파에 전수한 것이다.

이후로 대근을 비롯한 조직원들은 사흘마다 몰려오는 몬스터와 싸우면서도 틈만 나면 검술과 태권도를 수련했다.

물론, 아론을 스승처럼 모시는 건 당연했다.

그리고 오늘 아론에 못지않은 또 다른 초인을 지켜보게 된다.

이전과는 다르게 쏟아지는 포탄을 뚫고서 다가오는 몬스터는 외눈박이 거인과 그 뒤를 따라 쉿! 쉿! 소리를 내는, 닭대가리에 뱀의 몸뚱이를 지닌 바실리스크를 탄 리저드맨 무리다.

그리고 그런 무시무시한 몬스터와 마주보며 달려가는 자는 선명한 마나가 일렁이는 커다란 대검을 치켜든 아넬리아다.

엄청난 속도로 다가선 아넬리아가 바닥을 박차고는 하늘 높이 치솟았다. 족히 10미터가 넘는 높이다.

그리곤 잠시 허공에 머무는가 싶더니 빠르게 떨어지며 대검을 내리그었다.

동시에 외눈박이 거인이 아넬리아를 향해 주먹을 휘둘렀다.

콰아앙.

마나가 감싼 대검과 주먹이 부딪히자 커다란 폭음이 일며 강력한 기파가 주변을 휩쓸었다.

그리고 그 순간, 반탄력을 이용한 아넬리아가 허공에서 한 바퀴 회전하고는 재차 공격을 이어갔다.

순식간에 이어진 공격에 미처 반응하지 못한 사이클롭스가 그대로 직격 당했다.

크아아!

반쯤은 잘려나가 덜렁거리는 한쪽 팔을 감싼 사이클롭스가 고통에 겨워 울부짖었다.

"우아아!"

"와아아!"

그토록 위험해 보이던 사이클롭스가 순식간에 치명상을 당하자 성벽에서 지켜보던 영지군이 환호를 질렀다.

아넬리아는 단 한번의 격돌로 영지군의 사기를 충천시킨 것이다.

사이클롭스의 한쪽 팔을 벤 아넬리아가 그대로 리저드맨 무리로 뛰어들었다.

알려진 것보다 더욱 뛰어난 실력을 보게 되자 한층 더 믿음이 간다.

게다가 영지를 위해 싸우는 중이니 다치면 안 된다.

쉴드를 둘러주자 동시에 투명한 막이 몸뚱이를 감쌌다.

쉴드를 확인한 아넬리아가 이쪽을 보며 살짝 웃어준다.

바실리스크는 직접 접촉하지 않아도 그 숨결만으로 나무와 풀이 시들고 바위가 변색될 정도로 강력한 독을 지지고 있다.

심지어 말을 탄 기사가 창을 사용해도 창대를 타고 올라온 독이 기사뿐만 아니라 말까지 죽일 정도다.

물론, 일정한 경지에 이른 기사들은 마나로 육체를 보

호하기에 웬만해서는 독의 침투를 허용하지 않는다.

다만, 바실리스크는 주변에 독으로 된 운무를 발산하기에 호흡을 통해 중독될 순 있다.

게다가 그 숫자가 수십 마리에 달한다면 제아무리 경지에 이른 기사라도 결코 안심할 순 없다.

쉴드와 해독마법을 걸어준 이유다.

더구나 리저드맨은 인간형 몬스터답게 합격술이 뛰어나 최상급 몬스터도 어렵지 않게 사냥할 정도다.

거기에 사이클롭스마저 가세한다면 아넬리아가 위험해질 수 있다.

그걸 알면서도 곧바로 리저드맨 무리로 뛰어든 것은 뒤처리를 맡긴다는 뜻이다.

'뭐, 언제든지 등을 맡겨도 된다는 것을 보여줘야겠지.'

곧바로 어둠의 화살을 만들어 아넬리아를 노려보던 사이클롭스의 등을 강타했다.

쿠워워!

단단한 가죽이 찢어지는 고통을 느끼자 단번에 놈의 시선이 이쪽으로 향하더니 흉포한 괴성을 내지르며 달려왔다.

〈다음 권에 계속〉

영주,
재벌이 되다　286

: 하고 싶은 것이 없다오. 그저 좀 쉬고 싶을 뿐."

마음의 상처를 입고 낙향한 유관필.
허나 사람들은 그에게 모여든다.

배인, 앞으로 선생님이라고 불러도 될까요?"

I보다 가슴을 울리는 무협은 없다.

힐링 무협의 끝판왕.
유관필의 일대기가 펼쳐진다.

유공전기

불량집사 무협 장편소설

어울림 BOOKS
신인 작가 대모집!

어울림 출판사는 무한한 상상력과 뜨거운 열정을 가진 작가 여러분을 기다리
있습니다.
창작에 대한 열의가 위대한 작품으로 꽃피울 수 있도록 저희 어울림 출판사
여러분의 힘이 돼 드리겠습니다.

지금 도전하십시오!

모집 분야 : 판타지, 역사, 무협, 로맨스 등
모집 대상 : 아마추어, 인터넷 작가등 열정을 가진 모든 작가
모집 기한 : 수시 모집
작품 접수 방법 : 당사 네이버 카페 또는 이메일을 이용해 주십시오.

파일 형식은 제한이 없으나 원활한 원고 검토를 위해 '.HWP' 형식
으로 보내주시고, 파일에 연락처도 함께 기재해주시면 됩니다.

채택된 작품은 정식 계약을 통해 출판물로 간행됩니다.
간행된 출판물은 당사의 유통망을 이용하여 전국 서점으로 배포됩니다.
※ 문의 사항은 네이버 카페(http://cafe.naver.com/oulim0120)를 이용하시기 바랍니다.

경기도 고양시 일산동구 장항동 43-55 성우사카르타워 801호
어울림 출판사 신인 작가 담당자 앞
전화 031) 919-0122 / E-mail 5ullim@daum.net